LE CYGNE NOIR

Robert Sabatier est né en 1923 à Paris et a vu une partie de son enfance se dérouler dans ce Montmartre qu'on retrouve dans la célèbre saga des *Allumettes suédoises*, dans *Alain et le Nègre* ou dans *Boulevard*, et encore dans *La Mort du figuier*, *Canard au sang*, *Dessin sur un trottoir* et aussi dans *David et Olivier*. Orphelin de bonne heure, Robert Sabatier écrit depuis sa plus tendre enfance. A vingt ans, il entre dans la Résistance au maquis de Saugues, le village heureux de ses *Noisettes sauvages*. Il exerce divers métiers en province, fonde une revue publiant les meilleurs poètes, Eluard par exemple. A Paris, il se consacre à l'édition (Presses Universitaires puis Albin Michel) et se partage entre le journalisme littéraire et la littérature. Tout d'abord remarqué comme poète (Prix Guillaume Apollinaire pour *Les Fêtes solaires*, Grand Prix de poésie de l'Académie française), il sera connu d'un large public par ses romans. Ils sont souvent portés à l'écran et sont traduits dans une quinzaine de langues. Robert Sabatier vit une partie de l'année en Provence; c'est là qu'il a écrit *Les Enfants de l'été*, puis *Les Fillettes chantantes*, sans oublier de nouveaux livres de poésie. Citons également son grand roman, *Les Années secrètes de la vie d'un homme*, sa monumentale *Histoire de la poésie française* et son recueil de maximes *Le Livre de la déraison souriante*.
Membre de l'Académie Goncourt, il se consacre à l'histoire littéraire, au roman et à la poésie, participant activement à la vie littéraire.

Paru dans Le Livre de Poche :

ALAIN ET LE NÈGRE

DESSIN SUR UN TROTTOIR

LE MARCHAND DE SABLE

LA MORT DU FIGUIER

BOULEVARD

DÉDICACE D'UN NAVIRE
ET AUTRES POÈMES

LES ALLUMETTES SUÉDOISES

TROIS SUCETTES À LA MENTHE

LES NOISETTES SAUVAGES

LES FILLETTES CHANTANTES

DAVID ET OLIVIER

LA SOURIS VERTE

LE LIVRE
DE LA DÉRAISON SOURIANTE

OLIVIER ET SES AMIS

ROBERT SABATIER

de l'Académie Goncourt

Le Cygne noir

ROMAN

ALBIN MICHEL

Le respect de la vérité amène l'auteur à reconnaître que cette histoire est de pure fiction. Toute ressemblance avec des événements réels, des personnages existant ou ayant existé — qu'il s'agisse des noms propres, des fonctions, des traits physiques ou de caractère —, serait pure coïncidence.

Un

« Ce pauvre garçon, ce qu'il est laid ! » Elle puisait ses comparaisons dans la boutique ordinaire : « Laid, mais laid ! comme un singe, un pou, une chenille, laid comme... »

« Elle », c'est ma mère. Je l'appelle « Elle ma mère ». Que dit-elle ? — « Ce malheureux n'a pas eu la chance de me ressembler... » Aux approches de la quarantaine, après quatre lustres de je ne sais quelles courtisaneries, l'usage et l'usure de deux riches maris, la fibre maternelle ! Et, parce que c'est dans l'ordre des choses, l'enfantement. Le choix (fut-ce un choix ?) du géniteur ne lui (ne me) fut guère favorable. L'inconnu, le donneur de semence, lui ressemblais-je ? Ce visage osseux, ce nez busqué, ces yeux en cavernes, ces joues en vallées, ces pommettes mongoles, cette tête étroite au sommet d'un corps efflanqué composent la caricature d'un héros de roman russe, ma rebutante personne.

« Regardez, Marie, ce bébé. N'est-il pas vilain ? » Moi, son antithèse à elle, l'étoile, la déesse, l'admirée, la glorieuse, la superbe. Et si cet écart de la nature la ravissait ? En toutes choses, ne se montre-t-elle pas originale ?

Elle rit de toutes ses perles. De mon fantôme de père, jamais elle ne m'a parlé. Dois-je imaginer, selon de célèbres exemples, une grandesse espagnole, une éminence italienne, un prince austro-hongrois — pourquoi pas un préfet de police ?

Convive de sa gloire d'actrice, je restais sans appétit. Elle ne semblait pas me haïr ; elle me supportait. « Chacun porte sa croix, dit-elle, et cet enfant, c'est la mienne ! » Je me taisais. Elle, en tralala de parade, sublimissime et pâle, lèvres roses, cheveux d'or, éblouissante, semblait dire : « Admire-moi, petit monstre, comme l'univers m'admire, et cours vite te cacher dans ton placard ! »

L'admirer ? Comment l'aurais-je pu, moi qui n'osais regarder ses yeux de myosotis, le dessin adorable de sa bouche, sa vénusté, tout cet éclat célébré par la presse et qui s'accompagne, dit-on, de talent. Comme l'Eliza de *Pygmalion*, paraît-il, elle passe de la souillon criarde à la jeune fille civilisée conviée au thé de Mrs Higgins. Tendre orpheline ou princesse lointaine, lady ou courtisane, elle est tout cela. Pour moi, son seul jeu est celui de l'indifférence : regardant à travers moi, ne trouve-t-elle pas son rôle préféré ?

Neutre son visage, tel du papier blanc sur lequel tout peut s'imprimer, le vers grandiose, la phrase inoubliable, et aussi bien la prose plate du roman rose que je tends à lire sur ses traits. « Il ne manque rien à sa beauté ! » plaiderait mon contradicteur et je répondrais : « Si ! la beauté... »

Plus qu'une image du père inconnu, ne serais-je pas la projection de sa noirceur intérieure ? Et si, secrètement, j'étais elle, une Elle cachée se répandant sur mon visage comme de la sépia au fond des mers ?

Ses remarques sur mon physique agressèrent ma petite enfance. Suivit le silence. Je lisais des mots retenus, le rejet, peut-être la répugnance. Les sept péchés capitaux furent plaqués à moi. Eux seuls pouvaient à un tel degré défavoriser un être. Laideur et mal, le vieux couple ! Méphistophélès n'est élégant que dans les opéras. Satan ne peut être Adonis. Effroyable et fétide, il ne séduit que par déguisement. Le beau, pour Platon, se marie au bien et au vrai. Mal et fausseté m'accompagnant, je n'étais pas né d'un ventre admirable, mais du chaudron de la sorcière.

Inversés, mes deux prénoms, Laurence et Pierre, devinrent mon nom : Pierre Laurence. Ainsi le nom célèbre de ma mère ne serait pas profané. Qu'on se rassure : je ne me lamenterai pas sur mon enfance. D'apparence calme, je cachais mes blessures derrière un sourire. J'avais dix ans lorsqu'il fut décidé que je porterais des lunettes à verres fumés. Pourquoi ? Ma vue est excellente, mes yeux en bon état. Ces verres ronds ajoutèrent à ma disgrâce. Pour Elle ma mère, le port de lunettes sartriennes correspondait à cette idée que la laideur peut s'accompagner d'intelligence. Avais-je pitié d'elle, la vraie aveugle, qui me cachait aux yeux des autres ?

La Villa au bord du lac Léman me protégeait. J'aimais les livres, la musique, les mathématiques. Je n'étais pas malpropre. Je ne connus pas l'acné. J'adorais les cygnes, le ciel et la pluie. J'attendais la levée de l'arc-en-ciel. A sa base, je cherchais l'or et ne trouvais que le plomb.

L'actrice voyageait sans cesse. Je restais avec Marie, domestique à tout faire, femme satisfaite de son sort, toute en roche de montagne, n'affichant jamais ses sentiments. Si elle me rabrouait, c'était une manière de montrer sa protection. J'avais entendu ses paroles. Elle disait que « je n'étais pas si laid que ça ». Tiens !

Je ne parlais que dans ma solitude. « Sa voix grince comme une porte de fer », observait Elle ma mère. Tout regard appuyé me faisait détourner la tête. Ou bien je devenais bègue. Des phrases de ma mère : « N'y prenez pas garde, Marie, c'est un simulateur. Si je le gronde, il boite. Si je le prends en flagrant délit de mensonge, il se tord les bras ou il se met à loucher et prend un air idiot ! » Et encore : « Cet enfant ne m'aime pas. Je ne comprends pas sa nature. »

On l'appelait « la diva au visage d'ange » et je pensais : « le visage insignifiant des anges ». S'ils n'ont pas un dragon à terrasser, ils affichent un vide imbécile. Je leur préfère les infernaux. Là, je connais.

Si Elle ma mère, fière de sa minceur d'insecte, se nourrissait de béluga et de feuilles de salade, j'engloutissais, Gargantua, les délicieux plats de Marie, une manière de dévorer rage et révolte, silence et solitude. Les aliments ne faisaient que traverser mon corps. Je restais maigre.

A quoi passais-je mon temps ? A le mesurer.

Je ne m'installais pas dans mon enfance, j'en déplorais la trop longue durée. Je me voulais adulte. Qu'espérais-je de l'âge ? En se développant, mon corps multiplierait sa laideur. D'un jeune garçon je n'avais nulle grâce. Je ne désirais pas m'enliser dans cet âge absurde. Pour m'aider à supporter cette lenteur je découvris des alliés justement nommés passe-temps, et ce furent le hautbois, l'aquarelle, les jonchets, le solitaire, les échecs, sans oublier patiences et puzzles.

J'eus un précepteur gâteux, un professeur de musique grognon, je ne me connus pas de mentor. Pour mes études, en état d'y briller, je restais mat. J'engrangeais du savoir en cachette. Mes silos s'emplissaient. Je ne le montrais pas. Je me voulais invisible, moyen. Au collège, si les enfants cruels ne m'épargnèrent pas, ce fut par les détours sournois d'une éducation à l'anglaise. J'eus pour sobriquets : « Le Grand Mogol » et « L'Ingénieux Hidalgo », je m'attendais à pire. A l'université, je fus une ombre. Passons sur mes études, oublions les diplômes. Je n'en attendais rien, sinon quelque piste d'envol. Mon seul don (de qui le tenais-je ?) — celui des langues. Je les apprivoisais une à une comme des animaux sauvages. Le meilleur de mon apprentissage fut la solitude. Ma porte d'entrée se nommait plaisir. J'aimais vaincre. Mes salles d'armes : langues, mathématiques et jeu, surtout le jeu.

Pas une plainte, pas une accusation. « Il a sa vie à lui », disait Marie. Ainsi, ma vie m'appartenait. Consolation. Mais qu'en ferais-je ?

La servante lisait des magazines. J'apercevais le portrait d'Elle la star. Je n'en avais pas la curiosité. Mon intérêt se portait au-delà. J'étais un être en attente, patient et sans projets. Le temps ne détruisait pas ma sérénité. Les jours me faisaient croître, à défaut d'embellir. Je comptais mes anniversaires. Un an de plus : l'âge où les autres envisagent ceci et cela, où ils aspirent à ceci en craignant de trouver cela. Immobile sous la comtoise, j'en surveillais les aiguilles.

Et ma mère ? Sur son visage, à la dérobée, je guettais les ravages du temps, j'attendais l'heure où la chirurgie esthétique s'ajouterait aux soins de beauté. Le temps devenait mon allié. Détruit dès ma naissance, je ne craignais rien de lui.

J'approchais de mes dix-huit ans quand je pris conscience d'un changement d'attitude à mon égard. Durant ses séjours à la Villa, Elle ma mère m'évitait, m'éloignait des regards. Quel sommet de laideur avais-je atteint ? Je consultai mon miroir. Miroir, miroir, dis-moi que je suis laid ! Je restais le même. A peine mes traits, en s'allongeant, en se formant, accusaient-ils leur relief. Je paraissais plus vieux que mon âge. Je cultivais ma gravité. Ma lèvre supérieure, tirée vers le haut, me donnait un aspect méprisant. Mon regard noir n'était pas éteint derrière les verres teintés. Je surveillais mes gestes. Lents et précis, ils recherchaient l'élégance. Sans doute était-ce en vain. Il y faudrait d'autres études.

En ces temps lointains, je n'eusse pas admis qu'une part du mal venait de moi. Aujourd'hui, en suis-je vraiment assuré ? Le présent a une manière bien à lui de transformer le passé. On doit appeler cela l'histoire. A défaut de mes lunettes inutiles, je tente de chausser celles de la lucidité.

En intelligence avec ma laideur, je m'en amusais parfois. Etais-je d'une laideur repoussante ? Je déplaçais les termes et pensais à la « beauté repoussante » de ma mère. Traité de marabout, de girafe, de hibou, de criquet, je dessinais ces bestioles pour en orner ma chambre. Pour oublier, j'eusse pu arguer de quelques qualités, prendre mes quartiers de printemps. La même hauteur d'esprit qui aurait pu me suggérer de mépriser ma laideur me dictait de ne pas l'oublier un seul instant, de l'exagérer. Cela m'incitait à déplaire. Pour grimacer, je n'avais nul besoin de grimace.

Parce que ma taille dépassait la sienne, Elle ma mère n'employait plus ces expressions : le petit monstre ou la petite horreur. Elle se taisait. Nous nous ignorions. L'avancée de mon âge accusait le sien. Distinguait-elle dans ma croissance les signes de sa dégénérescence ? Sous ma peau se lisait mon squelette. Cet écorchement du temps, le connaîtrait-elle bientôt ? Je l'imaginais dans ses vieilles années, de son vivant embaumée ou, à sa mort, devenue poupée imputrescible.

Pour l'observer, je me cachais. De ma fenêtre, je la voyais, entourée de sa suite, secrétaire, caméristе et autres, se diriger à pas lents vers la Studebaker. Des photographes de presse se précipitaient, des flashes jetaient leurs feux brefs. Elle se prêtait, avec un semblant d'indulgence, à ce jeu. Certains journalistes recevaient même ce sourire délicieux qu'elle ne m'offrait jamais. J'étais obligé de reconnaître, derrière l'artifice, grâce, beauté, séduction — tout mon contraire.

Je cultivais mon inexistence. Je me complaisais dans mon néant bien apprivoisé. J'allais au-devant du désir de celle qui parvenait à me cacher à la meute curieuse éprise d'échos et de scandales. Je ne pouvais passer pour un jeune frère : la nature ne commet pas de tels écarts dans la répartition de ses dons. Elle ne trouvait aucune difficulté à me dissimuler. Je m'y prêtais à merveille. J'étais une ombre, à peine un frémissement de l'air. Dissimulé ! Ne m'accusait-on pas aussi d'avoir ce défaut ? Eh bien, je le serais plus encore. Il suffisait de me fondre dans la grisaille, d'oublier bruit et mouvement, d'être un meuble — ainsi nommé bien qu'il ne bougeât guère.

La *Villa*, dit-on. Son nom ancien, un nom d'arbre, s'était perdu. Architecturée dans le style « moka » cher à 1900, un entrepreneur, vers 1945, a tenté d'effacer les excès de tarabiscotage. Cubique, massive, par un effet de perspective, elle paraît moins grande qu'elle n'est. Des tilleuls, des saules pleureurs, des floraisons de glycine, vigne vierge, chèvrefeuille adoucissent la pierre. Avec un certain bonheur, les intempéries ont dénaturé la teinte rose dragée pour lui apporter le doré du sable. Le temps, architecte des ruines, sait être un peintre de bon goût. A l'entrée du parc, les montants de la porte de fer sont surmontés d'ananas de pierre que j'ai longtemps pris pour des pommes de pin. Le métal n'est pas fardé de peinture ; il rouille par endroits, c'est bien ainsi. Arbres et arbustes se dressent comme des doigts de silence. Les bancs de pierre, la fontaine aux oiseaux, les statues discrètes parlent d'immobilité. Le jardinier oublie toujours une pelle ou un râteau dans les allées comme des témoignages de vie. Les véritables gardiens armés de la citadelle sont les rosiers.

Cette demeure, je la trouve belle parce qu'elle me convient. Immense, il existait tout un étage inoccupé, des pièces closes, condamnées au mystère. Je ne hantais que ma chambre que jouxte un cabinet de toilette, l'office de mes repas en compagnie de Marie dans la proximité apaisante d'un fourneau à l'ancienne, et la bibliothèque tout de cuir achetée avec la maison, riche en ouvrages du dix-huitième siècle.

Des trois étages avec grenier, le deuxième me semble interdit. Je n'aurais pas dans l'idée de m'y rendre bien qu'aucune pièce ne soit verrouillée. Ce sont *ses* appartements. Il n'y en a qu'un mais assez vaste pour supporter le pluriel.

En ces lieux, je me sens protégé. La fenêtre de ma chambre s'ouvre sur le panorama du lac. Sur quoi s'ouvre ma vie ? Les jours se répètent. Je me répète aussi : silence, solitude, étude, jeu, voilà mes compagnies. Je voyage dans ma chambre et au-delà, dans les profondeurs du lac et dans l'inconnu du ciel. Je lis, j'écoute de la musique, je joue aux échecs contre moi. J'ai appris tous les jeux de science et de hasard en tentant de nier ce dernier. Pour cela je me livre à des opérations mathématiques, je cherche la loi des probabilités, comme tout joueur invétéré sans doute.

Si, au hasard d'une promenade, je croise plus laid que moi (sans en être assuré), plutôt que me réjouir, je découvre l'envie. Laideron, condamné au non-être, je jouis à ma manière de cette condition. Laid, je ne le suis pas selon Esope, Socrate, Mirabeau ou Verlaine, je suis laid comme moi seul, d'une laideur tourmentée, verticale, à la manière du Greco. Aurais-je fait un bon modèle pour mon compatriote Giacometti ?

A vingt ans, j'en accuse trente. Pour pratiquer l'art de déplaire, nul besoin de forcer mon talent. Voilà que j'effraie les enfants : ce petit imbécile à qui je souriais s'est éloigné apeuré. Serais-je Croquemitaine ? Vais-je rejoindre la créature du Dr Frankenstein, Mr Hyde, Elephant Man, les morts vivants, la mouche ou le rhinocéros ?

La peinture m'attire et me repousse. Dans l'art seul, le laid peut prendre une valeur esthétique, mais n'est-ce pas en se reniant ? Je médite sans conclure. Je ne peux me sculpter, me peindre, me métamorphoser en marguerite baroque. *Il n'est pas de serpent ni de monstre odieux/ Qui par l'art embelli ne puisse plaire aux yeux.* Ces vers de l'homme que châtra un dindon contiennent tout l'aveuglement du monde. Le laid ne vaudrait-il que par le recours à son contraire, à l'embellissement ? Les philosophes dans un tel débat montrent une chétive imagination. Platon, Aristote ou Diderot, que disent-ils, sinon que le laid, c'est le contraire du beau ? Comme si la lune était l'antonyme du soleil ! Donc, à la tâche les artistes ! Métamorphosez Bacchus en Apollon et n'hésitez pas à dépecer Marsyas ! Le laid, vous n'aurez de cesse de le détruire, de le maquiller, de supprimer les termes du dualisme, de trouver la seule acceptable unité. Elémentaire, mon cher Watson !

Je poursuis mes recherches. En dépit de leurs efforts, Shakespeare, Victor Hugo, Hegel, Courbet ne quittent pas la banalité ; ceux que j'admire me trahissent. J'ai interrogé les arts de l'Egypte, de l'Assyrie et de l'Inde ; là, je me suis découvert un vague droit à l'existence, encore que par condescendance.

Lorsque je crois rejoindre une perception de la laideur, parce que je suis sans génie et sans distance philosophique, elle s'échappe et je retombe dans ces idées floues que je déplore chez les autres. Je fais taire alors tout ce qui est de la pensée et de la déduction. J'évite le miroir. La réponse est ailleurs, mais où ?

N'étant pas de ceux dont on ne dit rien, je n'y trouvais pas de consolation. Au contraire de l'Admirée, je ne cherchais pas cette notoriété qu'elle prenait pour de la gloire. « Encore, dit-elle (à moins que je n'imagine ses paroles), encore, il a la chance de ne pas être une femme, il ne s'en remettrait pas ! » Sans être assuré qu'elle l'a vraiment prononcée, je juge sa phrase pitoyable.

Si je ne m'étais cloîtré dans mon silence, que de vérités aurais-je pu dire ! Je n'avais rien à cacher, sinon ma figure. J'ouvrais grande ma fenêtre pour écouter la voix du vent. Les nuages voyageurs m'offraient des signes.

En Suisse, je vis dans la seule île qui n'est pas cernée par les eaux. Il me plaît de résider en pays qu'on dit neutre. L'Admirée se refusant à n'être que le produit d'un couple d'enseignants du Valais, a inventé des ascendances slaves, baltes, galloises, sujettes à changements. Une telle beauté ne pouvait résulter que d'un savant mélange distillé comme un précieux alcool.

N'appartenant pas à la race des juges, les défauts que l'on prête à mes compatriotes, puritanisme, hypocrisie, sens bourgeois de la vie et autres, je les crois de toutes nations. Je suis né là (d'un père venu d'où ?), d'une mère qui se veut apatride à l'image de l'art dont elle est la servante. Je vis dans un pays où le monde entier prend rendez-vous à des fins pas toujours hygiéniques. Je ne le déteste pas, mais je pourrais vivre ailleurs, à condition de transporter ma chambre, je veux dire en tout lieu de la planète où des montagnes dominent les eaux. Si je choisissais une patrie, ce serait le lac. J'ai vécu dans ses fonds durant des ères. J'ai nagé, j'ai rampé, j'ai rejoint le rivage, puis je me suis tenu dressé sur les pattes arrière pour accéder à ma vie présente.

Sans avoir quitté le canton, je connais mieux le monde que ma mère ne pourrait l'imaginer. Il n'est pas seulement composé de palaces et d'ambassades, de studios de tournage et de salles de projection. J'imagine la case et l'igloo, le désert et la toundra, la pampa et la jungle. Aux enseignements de mes livres et de mes albums s'ajoutent ceux de la rêverie. Je souhaite voyager et j'ai peur du voyage. D'une nation à l'autre, je crains de rencontrer des cœurs secs, des égoïsmes, des violences et des rancœurs.

Les anciens conquérants, les coloniaux déçus, les trafiquants de la belle Terre, je les sais d'une laideur pire que la mienne. Parce que je connais les arts et la littérature de maints pays, je sais qu'aucun homme n'en est tout à fait digne.

Pourtant, je partirai, je vaincrai ce qui existe en moi de velléitaire, je visiterai la France, le Royaume-Uni, l'Allemagne, l'Italie, ces lieux dont je parle la langue, non pour un abandon au plaisir touristique, mais pour une investigation muséographique. Parmi les œuvres d'art, je garde l'espoir de trouver une réponse à ma quête d'identité. Sais-je pourquoi je suis ainsi composé ?

Mes errances, je les remets au lendemain. Je ne suis pas prêt au départ. Je me contente de rêver face à mon lac, au cœur de cette confédération, la seule qui ne fonctionne pas trop mal dans cette Europe qui fut renaissante, lumineuse, romantique, et aujourd'hui soumise à des commerces fort éloignés de ceux de l'esprit.

Grâce à la fortune de ma mère, j'étais à l'abri des soucis matériels. Chaque mois, le notaire versait à mon compte bancaire le montant d'une raisonnable pension : mon argent de poche. A défaut de générosité de cœur, elle ignorait la pingrerie. Je reconnais de la délicatesse dans ses manières financières. Ayant le vivre et le couvert, me souciant peu de ma tournure, je dépense peu. Mes seuls débiteurs sont libraires, marchands de disques.

En possession d'un petit capital, comme un

bon Suisse, je décidai de le faire fructifier. Pour Elle ma mère, la question de mon avenir ne devait pas se poser. Elle ne chercha jamais à m'inculquer une quelconque vertu du travail. « S'il me survit, dit-elle à Marie, il roulera sur l'or ! » Elle doutait d'ailleurs de sa propre fin : les divas sont immortelles.

Mon lendemain serait tout autre qu'elle ne l'imaginait. Pour tout héritage, je n'aurais que ma laideur — et encore, je ne la tenais pas de sa grâce. Ce vilain corps, je m'en sentais le maître. Un jour, je le léguerai à mes frères les asticots. J'espère qu'ils le trouveront délectable.

Sans mépris pour l'argent, ainsi étais-je. Chaque billet de banque se nommait liberté. Malgré ma dépendance, je me voulais le maître de mon propre jeu. Je jetais les dés sur le tapis vert. Ils ne consentaient pas à m'obéir. Je me distribuais des cartes en m'étonnant qu'elles ne me fussent pas favorables. Je regardais les six faces du dé, les grains noirs des dominos, les images du tarot, les pièces des échecs. Ils prenaient vie comme des humains, des animaux. Le tapis devenait pelouse. J'étais un jockey.

J'ai inventé un nouveau jeu fondé sur la surface d'un ennéagone régulier. Il se pratique avec quarante-cinq cartes. Ce jeu dont certains se souviennent se nomme l'*Alexandre*. Sa complexité ne lui valut qu'un succès tempéré, mais suffisant pour que l'inventeur touchât des droits importants. Le premier nom que je lui avais donné était *Justice* (l'éditeur me le fit changer). Tenant de plusieurs jeux, il limitait et rectifiait la chance. Une partie pouvait s'étendre sur des semaines. J'y jouais seul et ne parvenais pas à battre mon adversaire imaginaire, cet autre moi qui se trouvait en face. Nous conclûmes un armistice.

Je parvins à garder l'anonymat. Un journaliste parla de l'inventeur inconnu de l'*Alexandre*. Un spécialiste des jeux assura son origine chinoise et eut le front d'en établir l'historique. Cela m'amusa beaucoup. Ma création fut appréciée dans les pays anglo-saxons, en Hongrie et au Japon. Les pays latins la boudèrent. Cependant, ma cassette se remplit. A ma manière, j'étais un capitaliste, à cette différence près que je me remboursais des lésines de la nature. Mon avoir, cette abstraction, je m'attachais à le multiplier. Les acrobaties de la Bourse me furent favorables. Je lisais les cotes comme un roman à énigme. Mes victoires étaient celles d'un esprit froid et calculateur aussi passionné par la stratégie que par le résultat.

Par mon hautbois, j'avais le pouvoir d'accompagner la musique de mes disques ; je devenais le passager clandestin et l'exécutant invisible d'un concert ; je transformais un quatuor en quintette. En voisin, j'avais fréquenté le festival de Montreux. Les interminables applaudissements qui écrasent la musique m'en détournèrent. Je voulais l'orchestre pour moi seul. Après l'exécution, j'aurais aimé un silence de messe. La musique ne me lavait l'esprit que dans la solitude. Ma chambre devint salle de concerts, vaisseau pour le voyage, délectation.

Pour les livres, j'ai épuisé le contenu des

« bibliothèques idéales » et des « cabinets de l'honnête homme ». Les œuvres de mon choix se situent dans leurs marges. Je voudrais répertorier tout ce qu'on peut se passer de lire. Sur les routes de Mallarmé et de Joyce, je sentais un défi à l'errance. Si je lisais un roman policier, Ellery Queen ou John Dickson Carr, je le reconstituais à ma façon, découvrais le coupable bien avant le privé ou le superintendant. Dénouant la trame, je changeais le dénouement. Toute œuvre me permettait d'en composer une autre, pour moi secrète et plus subtile. Sans doute mon cher Edward Gibbon a-t-il inspiré Isaac Asimov pour ses *Foundations* ? Ainsi toute œuvre appréciée m'inspirait-elle une autre œuvre plus secrète. J'ai relu *Empire of the Atom* et *The Wizard of Linn* en me réjouissant du mariage de Van Vogt et de Robert Graves.

Je préfère la mesure au lyrisme, l'architecture à la décoration. Aucune construction ne me paraît assez savante. L'art des grands rhétoriqueurs médiévaux, derrière le masque des mots, j'en ai percé les secrets, et il en fut de même pour le langage figuré de la Renaissance. Je me suis livré à des calculs pour expliquer le phénomène des anamorphoses. J'ai analysé par les chiffres le sourire de la Joconde.

Ma laideur m'a permis ce retrait où, comme Paul Valéry, je jouis sans fin de mon propre cerveau. M'a longuement retenu le sens caché de fabuleux périples, d'Homère à Joyce, de Lucrèce à Einstein. Rien de studieux dans mes loisirs, du plaisir seulement, le plaisir sous le texte.

(Vous qui me lisez, c'est-à-dire qui regardez

par le trou de la serrure, vous qui tendez une oreille indiscrète, vous aimeriez que je vous parle de ma sexualité. Je vais vous décevoir ; elle n'a d'original que mon peu de capacité à la satisfaire. Il est cependant des favorisés par la nature qui ne sont pas plus heureux que moi. Simplement, les amours tarifées seules me sont possibles.)

Je reviens au jeu, mon métier. Au club de bridge, la compagnie de dames dignes et de gentlemen mesurés ne me déplaît pas. Ayant passé l'âge de l'étonnement, mon physique les laisse indifférents ; il se peut même que ma laideur les rassure. Et voient-ils autre chose que les cartes ? Vieux beaux et anciennes belles admettent le jeune disgracieux qui les met en valeur et les console de leur âge. Tricher ? Il n'en est nul besoin. Ma connaissance des cartes, leur familiarité me permettent des victoires. Je les limite, je gruge dans des proportions raisonnables.

Pour le poker, qui se joue dans un tripot, je n'éprouve pas de scrupules. Je suis un satané joueur. Je cultive mon inexistence. Nul besoin de me composer un visage impassible, de jouer avec mes traits comme je joue avec les cartes : mes adversaires ne me regardent pas. Sans le leur montrer, j'ai déjoué les manœuvres des tricheurs et ce fut là une manière de tricher. Je ne les imite pas. Je gagne parce que je connais l'à-propos du risque. Je perds à bon escient. Je rassure. Je mesure mes gains. Impersonnel et hypocrite.

L'éditeur de l'*Alexandre* m'a invité à Divonne où se fabriquent les jouets, où se pratiquent des jeux. Je me déplace au moyen d'une moto.

Je me rends au casino. Je ne suis pas drogué par le jeu. Et s'il répondait à mes questions ?

Duelliste, face aux êtres et aux machines voleuses, je devais inventer ma botte d'escrime comme le fit Saint-Evremond, maître d'une martingale intellectuelle. En dépit de savants calculs, ni cuirassé ni martingalé, je multipliais les chances ; souvent elles me souriaient. Mon comportement mêlait science et absurdité. Je connus la faveur des fous.

A la roulette, je ne jouais que les numéros pleins. Je choisissais le chiffre de mon âge : ce furent le vingt-trois, le vingt-quatre... Gagnant, je doublais la mise, ce qu'on ne fait que pour les chances simples. Les coups réussis défiaient toutes les lois et il en fut ainsi au chemin de fer, au trente-et-quarante comme au black jack. Sournois et rusé, j'allais de table en table. De qui tenais-je ces dons ? Ma mère aussi jouait, mais avec son corps, avec son « visage d'ange ». Avait-elle quelque talent ? Je l'ignorais par décision. Lors d'un coup heureux, les mains chargées de plaques, je me demandais qui me favorisait ainsi. Comment pouvais-je me dire béni des dieux qui m'avaient accablé ? Entre Pascal et Dostoïevski : moi errant, moi chancelant.

Deux

Un lointain projet commença à prendre corps : fouiller dans ma préhistoire, être l'archéologue de mes origines. Les préliminaires ne furent guère encourageants. Je fis quelques découvertes. Sur quelles voies m'entraîneraient-elles ?

Alors qu'Elle ma mère se trouvait à Prague pour un tournage, je profitai d'un jour de congé de Marie afin de me livrer à ma première pratique de l'espionnage.

La pièce principale des appartements de ma mère offrait une décoration et un ameublement Louis XV. Je pénétrai chez la Pompadour pour y trouver le bois de rose et le vieux rose des soieries et tout ce qu'il fallait de feuilles d'acanthe et de palmettes, de tons pastel et flamme, avec laques de Chine, trumeaux d'or, commodes en tombeau pansues et gracieuses, chiffonniers, duchesses et ottomanes, paravents où volaient des ibis, verreries vénitiennes, luxe sans originalité, mais de bon ton. Ma mère ne manque pas de goût, tout au moins dans le choix de son décorateur, et ce lieu aux grâces mignardes et fragiles comme les porcelaines et les bonbonnières chante la délicatesse.

Pour la pièce qui jouxte cet ensemble, petit

salon et cabinet de travail, on a choisi, comme pour avancer dans l'histoire, le Louis XVI. Les tons sont bleu pâle, lilas, vert d'eau. Le rectiligne succède aux courbes. Des semis de fleurs, des scènes pastorales. Pour les tableaux, un Lancret, un Boucher, un Turner et, inattendu, un Odilon Redon. Ici, nous sommes chez Marie-Antoinette. Dans une alcôve, de nombreuses photographies qui blessent le décor. Ma mère apparaît en buste ou en pied dans la flatteuse compagnie de la reine d'Angleterre, d'un président de la République, d'autres hommes d'Etat, de couturiers ou de ses partenaires célèbres. On imagine aisément que je ne figure en aucun lieu.

Pour le reste, une ordonnance de musée. Il y manque seulement les habituels et ennuyeux panneaux pédagogiques. Pas de livres : la bibliothèque du rez-de-chaussée leur est dévolue, mais des *press-books* reliés en veau clair, l'année indiquée en chiffres dorés suivie de ses initiales. Des photographies sont rangées dans de luxueux emboîtages imitant la reliure. La secrétaire, dont je n'ai rien à dire, s'occupe sans doute de ces classements.

Une commode avec abattant formant écritoire est le réceptacle de lettres sous enveloppes retenues, comme dans les romans, par des rubans de diverses couleurs. Un encrier monumental reçoit une plume d'oie terminée par une pointe feutre : une faute de goût. Les lettres ne m'ont rien révélé, sinon fadaises et flagornerie.

Ainsi ai-je commis le sacrilège de pénétrer dans le sanctuaire d'un culte étranger. Violant le secret de ces Pyramides, je me suis avancé à pas feutrés, avec un semblant de discrétion dans mon indiscrétion. Décidé à ne violer les lieux que par le regard, je ne me suis pas tenu à cette résolution. La déesse a élevé son propre temple. Priait-elle devant son portrait comme devant une icône ? Quelle religion que celle dont on est l'idole, l'officiant et la pratique ! Une part de moi découvrait l'incongruité, une autre était prête à s'émouvoir devant tant de naïveté et à déceler, derrière la vanité, une impression de solitude.

Sur le côté s'ouvrait une salle de projection décorée d'affiches. Un écran était bordé d'un rideau rouge et or retenu par des embrasses comme au temps où les cinémas se souvenaient du théâtre. Un poste de télévision se trouvait au pied de cet ensemble. Je m'assis dans un des fauteuils club pour méditer devant l'écran vide. Le regard qu'elle portait sur elle-même était-il admiratif ou critique ? J'imaginai son immobilité face au mouvement des images. S'applaudissait-elle ?

Sur un rayon, je crus voir des livres. Il s'agissait de vidéocassettes dont l'imitation de ce que je chérissais me parut profanatrice. Je pensai que je n'avais jamais été convié au spectacle.

Que cherchais-je ? Lassé, j'abandonnai durant quelques semaines ces visites clandestines. J'éprouvais la satisfaction de savoir quelques petites choses d'elle qui ignorait tout de moi. Qui dissimule son corps ne dissimule-t-il pas aussi sa pensée ?

Le lac, ses eaux et son ciel, sa part voyageuse.

Je contemple ces rochers chers à Rousseau et à Byron, les couchers de soleil, parfois des vents violents et des tempêtes comme en mer, et toujours mes amis les cygnes, les canards, les mouettes, les grèbes. Sur mon hautbois j'improvise et les eaux parlent avec la musique. Au moment où je crois percevoir la beauté, je cesse de jouer et j'emprisonne l'instrument dans son étui. J'aime me trouver au seuil du mystère, je n'aime pas m'y complaire. Je me limite aux orées. Toujours à temps, je fais cesser le jeu.

La lecture d'un roman policier m'apporta cette idée simple : lorsqu'une investigation ou un interrogatoire n'apportent pas de fruits, il faut tout recommencer. Avais-je mal engagé la partie ? Parmi les trésors éparpillés qui ornaient les appartements de ma mère, quelque chose manquait. J'étais incapable de savoir de quoi il s'agissait. Je me trouvais dans cet état du « mot sur le bout de la langue » et qui se refuse.

La réponse se trouvait sous mes yeux, au bout de ma plume. J'écrivais sur un agenda de cuisinière. La lumière fut alors que je le refermais. Sur le bureau de ma mère et en aucun autre lieu je n'avais trouvé un bloc-notes, un agenda, un carnet de rendez-vous. Se pouvait-il que, soucieuse de ses grandes heures, Elle ne tînt pas quelque journal destiné à préserver la mémoire de sa vie palpitante ? Tant de voyages, de festivités, de réceptions, de rencontres, n'éprouvait-elle pas le désir de les noter, de les commenter ? Pouvait-elle faire confiance à sa mémoire ? Ou, désireuse de ne laisser aucune trace autre que celle de la pellicule, ne vivait-elle qu'au présent ? Ces photographies, ces coupures de presse affirmaient le contraire. Elle possédait sans aucun doute un pense-bête ou un journal intime. Où se cachait-il ? Sans doute l'accompagnait-il, mais ceux des années précédentes ?

Si j'avais visité les principales pièces de ses appartements, la pudeur ou un reste de bonne éducation m'avait laissé au seuil de sa chambre. J'allais pénétrer dans son intimité comme un violeur de tombe. La décoration était à peu de chose près celle que j'attendais, du lit demi-corbeille tendu de soie brochée aux bergères, psyché, semainier et tableaux de fleurs, sans rien qui attire et sans rien qui choque. La salle de bains était moderne avec sa baignoire ronde, ses nombreux miroirs, sa collection de flacons de parfum. Ce laboratoire ne pouvant rien m'apporter, je me glissai dans le dressing-room.

Etais-je le premier de mon sexe à pénétrer chez elle ? Jamais je n'avais vu d'homme dans le sanctuaire. Où se situait sa vie amoureuse si elle en avait une ? Elle me cachait mes origines, je la punirais en violant ses secrets. Après avoir fait coulisser de nombreuses portes, mes doigts caressèrent le soyeux des robes et le moelleux des fourrures. Allais-je m'en affubler, me revêtir d'elle-même, et, à partir de ce travestissement, révéler le secret d'une homosexualité ? Rien de tout cela et pas même l'ombre d'Œdipe. Je ne descends pas des rois de Thèbes et ma mère ne se nomme pas Jocaste. Je ne peux tuer mon père. Nul ne m'a percé les chevilles et mon pied n'est pas enflé. Si mon goût des chiffres me fait répondre à mon Sphinx personnel, il ne s'agit que d'une coïncidence.

Je me trouve dans un magasin de luxe, chez un chausseur célèbre. Tant de vêtements pour un seul corps, tant de chaussures pour deux petits pieds ! Et que d'accessoires ! Je découvre des perruques sur des marottes en bois ou en osier. *Est-elle brune, blonde ou rousse ? — Je l'ignore.* A ces supports en forme de tête se substitue son visage. Elles sont sept, sept mères lointaines, sept femmes de Barbe-Bleue à me regarder ou à tenter de ne pas me voir. Du bout des doigts, je déplace de volumineux et légers cartons à chapeau. L'un d'eux, plus lourd que les autres, me résiste. Je le déplace, je soulève le couvercle rond et je m'écrie : Eurêka !

Le trésor consistait en une trentaine de carnets de cuir couvrant les années de sa vie d'actrice. Je les feuilletai. Bientôt, le plaisir de ma découverte s'accompagna d'une déception : il ne s'agissait pas de journaux intimes ; nulle confidence, de simples notes, des noms, des lieux de rendez-vous, des adresses de fournisseurs, des horaires, des numéros de téléphone... la sécheresse, un squelette sans la chair, une simple charpente.

Je n'ai jamais lu de ses lettres, sinon les billets destinés à Marie. Est-elle en mesure d'écrire autrement qu'en signes rapides ou qu'en signant les photographies destinées aux admirateurs ? Alors que je remettais tout en place, l'idée me vint — cette idée qui déciderait de la suite — de distraire l'agenda correspondant à l'année de ma naissance. Je l'emportai dans ma chambre.

En 1966, tandis que, au Viêt-nam, David triomphait de Goliath, qu'on découvrait le dixième satellite de Saturne et qu'en Suisse il ne se passait pas grand-chose, la petite horreur voyait le jour sous le signe du Scorpion qui lui sied fort bien. A la date du 24 octobre, je lus *Clinique*. Le lendemain, jour de ma naissance, ce mot au crayon-encre : *Délivrée,* sans rien d'autre. De sa part, aucun humour. Une simple constatation ? Non, elle était délivrée de moi, elle avait libéré son joli ventre, elle en avait chassé l'envahisseur — sans toutefois se défaire de sa présence. Un demi-soulagement.

Après deux feuillets blancs, je lus *nounou.* Marie ? Une autre ? Qu'importe ! Ma laideur était-elle présente dès ma naissance ou avait-elle décidé à jamais que j'étais ainsi construit ? A mon arrivée, ma disgrâce était-elle reconnaissable ? Le visage d'un nouveau-né est souvent ingrat. Je n'étais tout de même pas le baby de Rosemary ! Lorsqu'elle s'aperçut qu'elle n'avait pas donné naissance à Apollon, elle aurait pu différer son exclusion. Non, elle était consommée avant même ma naissance.

Tandis que je respirais mon premier air et me sustentais de mon premier lait, les jours coulaient sur l'agenda jusqu'à sa fin sans autre annotation me concernant. Mon existence se situait déjà en marge de sa vie. Je devenais un bibelot, pas un de ses jolis bergers de porcelaine, mais un objet de bazar, sans art, pas même kitsch, et qu'il fallait cacher à défaut de le détruire.

Le mois de décembre marquait son retour à

la vraie vie, des projets cinématographiques étant inscrits. Elle s'était libérée de moi comme d'une maladie. Lors de ma naissance, il n'était pas encore de mode d'étaler sa progéniture et, pour la star, cela aurait nui à son image d'éternelle jeune fille. Etais-je né en cachette ? Pourquoi n'avait-elle pas eu recours à la facilité de l'avortement ? Quelque scrupule religieux sans doute.

Je tentai en vain de retrouver mes premiers souvenirs. Etais-je si laid ou cette laideur s'était-elle affirmée peu à peu comme les haillons de l'épouvantail se dégradant sous les intempéries ?

Ainsi elle avait été *délivrée* par le dedans. Il ne tenait qu'à moi de la libérer par le dehors. J'allais m'y employer.

Affranchi d'une contrainte, je ne porte plus de lunettes. Pour tenter d'être autre, j'élabore un programme encore vague. Ce qui procède de l'instinct n'a pas encore reçu l'aval du raisonnement.

Depuis longtemps, les rares objets familiers de ma chambre, les meubles, les tentures, avaient perdu vie. Je ne regardais plus que le lac ou les livres. Je n'entendais de la vie que la musique du hautbois. Un soir, je m'obligeai à renouveler mon attention envers chaque objet. Quel souvenir lointain en surgirait-il ?

Ma chambre n'avait rien de celle d'un jeune homme. Mes goûts ne se lisaient pas sur les murs. J'avais choisi la nudité. Dans un placard étaient relégués les jouets de mon enfance. Allaient-ils, par leur pouvoir d'évocation, m'aider dans ma recherche ? Ces jeux cachés, ma mère les avait-elle choisis ou s'était-elle déchargée de la corvée de Noël sur son personnel ? La plupart reposaient dans des boîtes : train électrique, jeux de construction, Meccano, puzzles et casse-tête devenus trop faciles. Les composantes de ridicules panoplies s'entassaient dans un sac de marin. Je devais me débarrasser de tout cela comme on se délivre de pensées inutiles, par hygiène.

Au petit matin, un séisme de la mémoire ressuscita une sensation oubliée. Tout contre moi, dans mon berceau, mon parc ou mon premier lit, je sens une présence, telle une caresse sur ma poitrine et mes joues. Mes doigts parcourent des formes étranges ; ils remuent comme des marionnettes ; je retrouve un geste oublié. Une poupée ? un biberon ? une peluche ? Ma main se referme sur un objet tourmenté ; mes doigts s'y enfoncent par endroits, d'autres résistent, comme s'il s'agissait des surfaces de ma propre chair, mon poignet, mon ventre ou mon sexe. Cette forme étrange, la pensée m'y rattache comme à une rampe, une bouée, un objet secourable.

Cette présence n'existait-elle que dans mon imagination ? Les jours, les mois, les années, par des couches successives, ont élevé un tumulus sur ce compagnon des premières sensations. Illusion ? Retrouvant l'objet, le reconnaîtrais-je ?

Du sac de marin, je sortis les jouets oubliés, reconnaissant la plupart, balles, corde à sauter, diabolo, abécédaire, pour les avoir appréciés. Comme si, de strate en strate, un ordre chronologique avait présidé à ce faux désordre, au plus profond du sac, je découvris l'objet de ma recherche : le squelette du grand ancêtre, le singe originel, mon ascendant, maître ès laideurs de toutes sortes. Je le reconnus de l'œil et de la main. Mon image, ma représentation, mon fœtus ? La chose était si misérable, si délabrée ! Un Polichinelle, un bonhomme rose et vert, un fantoche, une marionnette, un diable, la représentation des erreurs de la nature. Bossu par-devant et par-derrière, les jambes torses, coiffé d'un ridicule bicorne, le nez crochu rejoignant le menton, borgne, je crus entendre sa voix nasillarde.

Née de Pantalon et de Pulcinella, cette petite horreur ! Est-il bon ? Est-il méchant ? Ainsi, il était apparu un jour du siècle dernier dans la littérature enfantine à l'eau de rose. Pour faire peur ? Jouet de luxe ou pantin populaire, il était partout, glorieux et lamentable. Mais pourquoi subsistait-il dans mon enfance alors que lointain et démodé ?

Sans le secours de l'analyse, je me pris de compassion pour cet infortuné tissu bourré de son, désireux à la fois de le soustraire à ma vue et de le regarder encore. Protecteur ou maléfique, je n'osais imaginer de quelle association d'idées était né ce choix d'un cadeau de goût douteux. Avait-on désiré m'offrir un jumeau ou une représentation de ma laideur ? Ma disgrâce ne s'accompagne pas de bosses et mes jambes sont droites. Ce Polichinelle qui partageait ma couche, je me surpris à le haïr et à l'aimer. Je finis par décider de lui donner une sépulture comme je l'avais fait naguère pour un canari mort. Je me glissai dans le parc désert pour creuser une tombe. Le buste du pantin dépassait de ma poche et s'agitait selon mes mouvements pour marquer sa protestation.

Fossoyeur, allais-je me trouver devant le crâne de Yorick et distiller une méditation mélancolique ? Mais le bouffon du roi, n'était-ce pas moi ? En procédant avec cérémonie à l'enterrement de Polichinelle, ce fut comme si je m'enterrais moi-même.

Lors d'une de ses haltes à la Villa, Elle ma mère me parla. Cette fois, elle était brune, les cheveux coupés court, des faux cils démesurés, une robe moulante en lamé argent s'évasant à la taille en plis flottants. Tout brillait en elle ; je me suis senti terne. Elle m'a demandé si je n'avais besoin de rien mais sans doute s'adressait-elle au vase chinois. Non, je n'ai aucun besoin, je ne désire prononcer aucune parole particulière, je ne souhaite pas même découvrir une lueur de véritable intérêt dans son regard. J'ai éludé la question, lui demandant si elle se portait bien, ce qui n'engage pas. Réponse froide : « Je travaille, je me porte fort bien quand je travaille. Dieu merci, je ne fais que cela. »

Au moment de me quitter, elle a levé la tête vers moi. Je suis plus grand qu'elle pourtant de bonne taille. Une marque d'intérêt : « Ce livre, demanda-t-elle, où en est-il ? » Le livre que je suis censé écrire, une de mes inventions. Je faillis répondre : « Au fond du puits », mais je mentis : « Il avance à petits pas. » Elle a ébauché un geste vers sa coiffure et son miroir comme si elle s'adressait à elle-même : « Nous avons tout le temps, quelle importance ? » Je ne répondis pas.

L'objet de mon larcin provisoire est toujours près de moi. Ma mère n'entrant jamais dans ma chambre, elle ne risque pas de trouver cet agenda témoin. Je me promis de le glisser parmi ses frères à l'occasion d'une de ses absences.

Je revois l'instant de ma découverte. Je m'allonge sur mon lit. Qu'il soit trop court pour mes longues jambes, je ne m'en suis jamais plaint : la nature nous a donné un corps pliable. Les yeux fermés, je pense à un problème d'échecs. A défaut de trouver une solution, ma pensée s'égare. Toute ma vie s'écoulera-t-elle ainsi ? Immuable, immobile, vacant, je ne sers à aucune chose, à personne, pas même à moi. Ignorant d'où je viens, comment pourrais-je savoir où je vais ? *Délivrée* : ce mot qui annonce mon apparition me hante et me blesse. La prison s'est libérée du prisonnier — non le contraire. Sur le carnet, j'ai trouvé la trace de mon arrivée dans le monde. Et voilà que je pense à mon départ, non pas à ma mort, mais à mon commencement, au spermatozoïde conquérant. En forme d'œuf je me replie comme si j'étais encore dans le ventre chaud.

Et voilà que l'idée jaillit — l'idée qui accuse mon manque de sagacité. Dès qu'il s'agit de moi, mon pouvoir de déduction s'affaiblit. Comment ai-je pu ne pas y penser ? L'habitude des raisonnements compliqués a-t-elle pu m'éloigner à ce point de cette opération simple qu'est la soustraction ?

Je bondis hors du lit, cours vers le tiroir, saisis l'agenda et le serre contre ma poitrine. J'attends de retrouver mon calme pour effectuer mon ultime recherche. Je me place à la fenêtre. Sur le lac, au loin, un canot trace son sillage. J'ouvre le carnet de cuir au jour de ma naissance. Je remonte page à page vers le début de l'année. Je parcours ainsi les neuf mois qui m'ont formé. Par un mouvement inverse, je reviens à ce ventre qui, au fur et à mesure de ma progression inversée dans le temps, perd de son ampleur. Juin, mai, avril, mars... je ralentis le mouvement des pages. Il me semble que mon souffle s'éteint.

Vers le temps de ma conception, un nom revient : *Ritz*. Les idées s'accélèrent. *Un diamant gros comme le... RITZ* : quatre lettres synonymes de luxe. Quel film ma mère tournait-elle à Paris ? Je l'imagine traversant le hall sous les regards admiratifs. Place Vendôme, la Studebaker, le chauffeur casquette en main tenant la porte ouverte. Ma mère fait un signe gracieux de la main... J'écarte bien vite ces clichés d'un film qui se poursuit dans ma vie.

L'agenda. Sur chaque page, des notes sans intérêt et quand vient le petit chiffre des heures tardives de la journée, le retour d'un prénom : *John*. En d'autres lieux, il est remplacé par *Edwards*. Les amants de ma mère ? Mais voilà que je les trouve réunis : *John Edwards*. Mon père ? le géniteur inconnu ? Serais-je anglo-helvète ou américano-helvète ? Plus haut : *les Edwards*. Pourquoi ce pluriel ? Un sentiment mêlé de doute et de dérision m'envahit. Toujours le silence, le mystère. Sa mission de reproducteur accomplie, la mante religieuse a-t-elle dévoré le mâle ? Je ne sais rien d'elle, de cette mère dissimulée derrière ses rôles, ses artifices. Mes jugements n'ont pas de socle.

Ce John Edwards, avais-je hérité de sa laideur ? J'imaginais mal la Belle dans les bras de la Bête. Mon visage aux traits tourmentés, un accident de la nature ? Les fées, en se penchant sur mon berceau, l'ont-elles renversé ?

Je feuilletai sans hâte l'agenda. Des jours en blanc. Une annotation s'éloigne des choses pratiques : *Hélas !... tout supporter...* De quoi s'agissait-il ? De ma présence ? D'une rupture de contrat ? D'ennuis passagers ?

Pour aller jusqu'au bout de ma recherche, je lus ligne à ligne le répertoire alphabétique à la fin du carnet. Je découvris : *Edwards, Ritz*, et un numéro de téléphone : *OPÉ. 28-30.*

Avais-je trouvé une réponse ? Ou une voie ? Je répétai ce nom : Edwards, Edwards... jusqu'à lui ôter toute personnification. Cet homme dormirait-il à jamais dans les pages de cet agenda que j'ai remis à sa place, au fond du carton à chapeau ?

Ce récit à la première personne peut laisser supposer que je ne me préoccupe que de ma précieuse et vilaine nature. Je ne m'en défends pas. Je n'invoque pas même de circonstances atténuantes. Je ne demande qu'à sortir de moi-même, de ma prison. Concédez-moi une absence d'hypocrisie. Longtemps, je ne vis dans l'autre qu'un adversaire au jeu. Je l'affrontais sur un terrain particulier, complice. L'aurais-je rencontré ailleurs que l'un de nous deux aurait fui, épouvanté. Pas forcément celui que vous pensez.

Il me fallait différer le souci de mon ascendance. Pour une tout autre raison, je me suis approché de la porte des appartements de ma mère. L'heure, onze heures du matin, me paraissait raisonnable. Je toquai à trois reprises avant d'obtenir une réponse. Elle entrouvrit la porte. Sans maquillage, décoiffée, prise en traître, elle me parut vieillie. J'entendis ces mots : « Ne me regarde pas ! Je suis à faire peur ! » J'eus l'impression d'un rôle inversé. Lui déléguais-je mes pouvoirs ? Je dis : « Mère, puis-je vous parler ? » Elle déteste que je l'appelle « Mère » comme si c'était un gros mot. Je ne peux me résoudre à lui donner, comme elle m'en a prié, ce diminutif absurde de la princesse d'opérette d'un de ses rôles. Elle fit une observation sur l'heure et me demanda de l'attendre à la bibliothèque.

Je venais de voir ma mère sans artifice. N'est-ce pas ainsi que je l'eusse préférée ? Son métier ou son art la condamnait à garder les apparences de la jeunesse. Contre les lézardes du temps, traitements esthétiques, massages, onguents et fards. Lorsque ma mère se disait « à faire peur », voulait-elle se rapprocher de moi ?

Pour tromper mon attente, je choisis un livre. C'était Fontenelle, pour qui j'ai du goût. Ce baroque libertin et profond, inégal et superbe, représente pour moi un modèle de lucidité et d'intransigeance. Les *Entretiens sur la pluralité des mondes* comblèrent l'heure d'attente infligée par la dame.

Par la fenêtre, je vis passer sa secrétaire et

d'autres dames chargées de housses et de cartons. Cela expliquait le miracle : lorsque ma mère réapparut, elle n'était plus la femme flétrie, mais un objet de grande beauté. Je vis un Fragonard, un Watteau, une marquise, un biscuit. En robe à la française, lampas décoré de ramages, serrée au buste par un arrangement de plis groupés et s'épanouissant à partir de la taille dans un déluge de soie. Sa main n'aurait pu se passer de cet éventail peint. La nuque dégagée par des chignons verticaux, le visage couronné de boucles, ma mère était à ce point exquise que je dus congédier le cher Œdipe.

A mon étonnement, elle répondit qu'il s'agissait d'un essayage en vue d'une comédie filmée, ce dont je me serais douté. Scarron regardait-il du même œil la petite-fille d'Agrippa d'Aubigné ?

Répondant à son interrogation, je lui fis part de mon projet : visiter le monde et l'admirer sans même avoir besoin de quatre dromadaires. Voyager, le temps en était venu pour moi. Ainsi, je n'avais pas fait « le voyage d'Italie ». Elle me demanda si ce départ était bien nécessaire, parut s'étonner qu'il pût dans cette belle villa me manquer quelque chose. Je lui parlai de mes recherches artistiques et elle parut intéressée. Il m'était impossible de faire venir à moi Michel-Ange ou Titien. Je n'eus pas le faux goût de lui indiquer qu'après tout j'étais majeur et ne la consultais que par politesse. L'infirmité de la laideur ne vous maintient-elle pas dans un état d'enfance ?

Avec patience, je me fis l'avocat de mon projet. Elle acquiesça, me demanda de l'attendre, s'éloigna, revint un carnet de chèques en main.

L'argent, la baguette de la fée, la réponse aux questions difficiles, ce qui résout et ce qui gomme. Tandis que ma mère se déplaçait avec difficulté : ces amas de soieries, je regardai son joli cou, y cherchant en vain quelque cicatrice. Son chirurgien esthétique, quel maître ! Une beauté sans ombre, une clarté, un éclat tels qu'ils blessent les yeux. La Reine-Soleil. Je retins l'envie absurde de la complimenter.

J'entendis : « S'il en est ainsi... Quelle somme est nécessaire ? » Je précisai que je ne demandais rien, j'avais simplement voulu lui faire part de ma *décision*. Pour le voyage, mes économies suffiraient. Elle dut juger cela étonnant. Elle ne désirait pas me voir voyager « comme un beatnik ». Sur mon visage dut s'épanouir un sourire de traître. Si elle savait ! Je résistai au désir de lui divulguer le montant de mon avoir. Les explications n'étaient pas mon fort. Par diplomatie, j'avançai un chiffre modeste. Elle haussa les épaules, traça des chiffres, ajouta un zéro.

Et Mme de Maintenon signa un chèque pour le pauvre Scarron.

Elle virevolta, sourit, me souhaita un bon voyage sans me demander la date de mon départ ni mon itinéraire. Elle m'apprit qu'elle s'absentait pour un trimestre. Elle me conseilla d'écrire régulièrement à Marie qui assurerait la liaison. A la porte, sa secrétaire me jeta un regard courroucé et adressa à ma mère des signes impatients en tapotant de l'ongle le cadran de sa montre-bracelet.

Pourquoi cette impression que je ne reverrais plus ma mère, ce désir de lui faire des adieux ? Et si, avant qu'elle me quittât, je posais la question sur un ton négligent : « Au fait, qui est mon père ? » Elle lèverait les sourcils, son regard bleu s'étonnerait. Irait-elle jusqu'à dire : « Quelle importance ? »

Jamais je n'avais eu à ce point le désir de lui parler qu'à ce moment-là. Et pourtant je me tus. Elle posa un instant le bout de ses doigts contre ma joue. Quel effort ! Elle replia son éventail, pinça le côté de sa jupe et, d'un mouvement gracieux, elle s'échappa.

Je songeai que j'avais oublié de la remercier.

Trois

Ecoulées six semaines de ce voyage, je renonçai à écrire cette étude sur l'art et le dogme du beau. Je ne souhaite pas en parler, ce serait commencer de l'écrire. Ce projet, parce que *a contrario* se rapportant à ma personne, était absurde. Après la contemplation de tant d'œuvres peintes, après la fréquentation de tant de visages et de corps, après la rencontre de tant de visions idylliques ou infernales, tant de tourments, de supplices, de résurrections, j'en fus convaincu : la réponse à mes interrogations se situait ailleurs — je n'osais penser : en aucun endroit.

Durant neuf mois, j'ai parcouru l'Europe des Arts, de musée en église, de galerie en salon, insatiable, disponible, la mémoire ouverte. Je n'ai rencontré qu'un silence épais, un refus hautain de ces merveilles à qui je demandais une humble audience. Aucune n'avait besoin de moi pour être. Elles tuaient à leur manière aussi bien le spectateur que l'artiste qui les avait conçues.

Ni Rembrandt, ni Teniers, ni Goya, ni cent autres ne m'ont répondu. Plus que de l'hostilité, j'ai ressenti ce poison, l'indifférence. La pire agression ne vient pas du poignard ; elle est celle du regard qui se refuse. Face au portrait, les yeux dans les yeux, j'attendais, admiratif, l'affirmation de quelque sentiment en retour, fût-ce de la hauteur ou de la haine. Je dus me convaincre que l'Œuvre existait dans une dimension inconnue, inaccessible au regard terrestre.

A défaut d'un éclair ou d'un miracle, j'attendais mon reflet. Jamais silence ne fut plus blessant. Ma laideur même n'était pas une clé. Dans le face-à-face, le tableau usait mon regard. Par-delà laideur ou beauté, il existe ce que la faiblesse humaine ne peut définir.

Ce ne fut pas faute de me donner de la peine. En témoignent des notes de voyage, des remarques, des comparaisons, des croquis. On devine que je ne parle pas des affaires du monde qui seraient peut-être pour ma laideur un contre-feu. Ainsi, me disais-je, même ma disgrâce est inutile et ce sentiment négatif s'accordait aux idées les plus funestes.

Les fiches des hôtels me rappelaient mon identité. J'inscrivais mon nom et il me semblait factice. Importait-il que je fusse né ici, là ou ailleurs, à une date ou à une autre ? Profession ? Pourquoi pas pickpocket, pompier, ludion, détective ? Je laissais en blanc. Parce que vêtu de sombre, une hôtelière italienne me crut prêtre. Cela m'amusa. Mes cheveux coupés court, mon visage rasé, mon sérieux provoquaient cette illusion. Et si je me métamorphosais ? Si je laissais croître en liberté mon système pileux ? Si je riais ? Ma gravité de clergyman, la perdrais-je un jour ? Ainsi, je portais les marques d'une austère religion, celle qui conduit au bûcher des hérétiques, le ciel étant réservé à la beauté.

Chaque semaine, je téléphonais à Marie pour la rassurer, si besoin était, sur mon sort. Je suis là, j'existe, je ne suis pas mort, mon voyage se poursuit. Elle est prodigue en conseils inutiles. Elle aime les cartes postales, je lui en ai envoyé de partout, Florence, Rome, Munich, Dresde, en choisissant des timbres attrayants que son neveu collectionne. Sur un ton ricanant, je lui demande de me déposer aux pieds de la reine.

Voyageant par le train, j'ai consulté autant d'indicateurs que j'ai lu de livres. Par économie et par plaisir, j'ai choisi des hôtels modestes. Cependant, aujourd'hui, j'écris ces lignes dans un salon de palace parisien — le lecteur sagace peut deviner lequel —, mon regard et mon écriture tournés vers l'arrière.

Je n'entrerai pas dans le détail de mes heures allemandes, espagnoles et autres. Qu'on me permette un arrêt italien. Quels que soient les changements imprimés par le temps, j'ai reconnu les lieux tels que les ont décrits Charles de Brosses, Chateaubriand, Dupaty ou Stendhal, aussi ferai-je grâce au lecteur de mes descriptions. Si j'affirme qu'on reconnaît, au hasard des promenades, des visages vus sur des tableaux d'il y a quatre siècles, j'énonce une évidence, mais si l'attention que vous refuse un portrait apparaît sur le visage qui aurait pu l'inspirer, je tente la question de savoir où réside la vérité, dans l'art ou dans la vie.

C'est ainsi que se glissent dans ma page, telles trois intruses, trois jeunes filles, trois passantes dans ma vie, et qui sont à la source de bien des changements en moi. Premier acteur de cette saynète : le soleil. Elles reviennent d'une partie de tennis, encore échauffées par le jeu, mèches rebelles et visages animés. Je marche, tête baissée, en direction de la *piazza del Popolo* tandis qu'elles arrivent en sens contraire. Je me heurte à leur grappe tel un bourdon maladroit en jetant des excuses agacées, mais voilà que je suis prisonnier d'une sorte de ronde, les raquettes tendues comme des grilles, dans la situation dérisoire d'un adulte cerné par des jeux d'enfant et qui tente de leur opposer sa dignité. Quelle gêne ! Je déteste ces filles et elles se moquent de moi. Sur le mode comique, l'une d'elles me demande son chemin, la deuxième, d'une voix de tragédienne, disserte sur la chaleur et la maladresse, la troisième fredonne un couplet incompréhensible. Pour tenter d'échapper à leur sottise, j'esquisse mon sourire à faire peur — sans succès. Alors, je lève les bras en signe de reddition.

Tout autre que moi aurait été ravi, pris sous le charme, je le sais. Je gardais un soupçon : ne se moquaient-elles pas de mon ingrate personne et n'avais-je pas été choisi à dessein pour objet de dérision ? Je sentais ma sévérité se défaire. Je dis que les excuses faites nous pourrions en rester là — tout en regrettant mes défaillances dans le maniement de la souple langue italienne. De plus, pour cacher mon infortune (et ajouter à ma confusion), un tic me faisait porter la main à mon visage et je sentais le piquant de ma barbe naissante.

Sais-je comment je me suis retrouvé en leur turbulente compagnie à la terrasse d'une cafétéria au coin de la *via dei Greci* ? Un instant, elles me crurent français et hôte de la Villa Médicis. Comme je réfutais cette nationalité, l'une d'elles s'écria : « Bien sûr, il est russe, c'est un espion ! » Cette curieuse idée n'avait rien d'inédit. J'avais déjà entendu cela. Lorsque je m'affirmai citoyen suisse, elles eurent l'air surpris, comme si ce pays n'existait pas. « En tout cas, il est slave ! » entendis-je.

Les longues jambes bronzées de la plus belle attiraient mon attention. Mon regard remonta au long d'un corps souple jusqu'à une ravissante coiffure de page brun. J'osai regarder un visage doré et des yeux verts, une bouche large et bien dessinée. L'objet de ma considération me dévisagea sans la grimace attendue tout comme s'il s'agissait d'un autre que la laideur n'eût pas accablé. Etait-ce par charité ? Je me dis que je détestais les dames d'œuvres.

Je tentais de rester impassible. Or, par un mouvement de reflux, l'insouciance de ces filles me gagna. N'étais-je pas en Italie, le pays le plus proche du soleil, et à Rome, la capitale la plus propice au bonheur ? Je fus soumis à ce jeu que j'ignorais, moi le joueur, celui de la provocation féminine et de stratégies d'approche hors de ma compétence. Elle s'opéra par une série de suppositions facétieuses sur ma personne, ma manière d'être et mes goûts. Représentais-je l'archétype de l'imbécillité mâle ? Etais-je devenu si intéressant ? Je me dis qu'elles étaient de petites idiotes sans parvenir à m'en persuader. Je reçus louanges et blâmes. J'étais plutôt sympathique bien que difficile à vivre, genre romantique et antisportif, asocial et introverti, je passais le meilleur de mon temps à la manière des marmottes, je me vêtais comme un préposé aux pompes funèbres alors que, par cette chaleur, je devrais être en short et en polo (Seigneur !)... J'entendis le mot « ténébreux », pas « le beau » et pourquoi pas « le laid ténébreux » ? Il fut admis que je pouvais être intéressant.

J'en appelai à mon ironie pour célébrer leur psychologie de magazine. Et pour répondre à leur appel, je fis quelques concessions. Elles apprirent que j'aimais la musique, que je jouais du hautbois, que ma fréquentation était celle des œuvres d'art. J'entendis que je devais être homosexuel. Je lançai quelques reparties moins cinglantes que je ne l'aurais désiré. En fait, j'entrais dans le jeu, persuadé que ces banalités aujourd'hui narrées restaient sans le moindre intérêt, n'étant inédites que pour moi. En dépit de tant de légèreté, j'étais reconnaissant : ces jeunes filles ne me ménageaient pas comme on le fait pour les infirmes, ne m'accablaient pas d'une délicatesse feinte. Etait-il possible qu'on me tînt pour un garçon normal à qui s'adressent les malices de la coquetterie ?

Ordinaire pour tout autre, cet épisode prenait pour moi figure d'événement. Il me fallait briser le charme, m'éloigner de cet enchantement nocif. Mes pensées se précipitaient. J'imaginais toutes sortes de scénarios d'un romanesque douteux avec idylles et déceptions, mots cruels renversant le château de cartes. Leurs regards voyaient-ils autre chose que ma présence réelle ? Telles des infirmières rompues aux vilains spectacles, elles ne marquaient aucune répulsion. J'entendis parler de mon « charme slave » et je songeai que cette slavité absurde me poursuivait.

Je devais me tenir à l'écart, ne pas permettre à ces filles en fleur d'assurer leur bonne action. Je choisis la fuite. Mais qui fuyais-je ? Sans doute moins les belles Romaines qu'une nouvelle image de moi entrevue et aussitôt refusée.

Le lendemain, je pris le train pour Turin où m'attendaient le *palazzo Madama* et ce portrait d'homme d'Antonello da Messina qui m'intéressait. Je visiterais le musée Egyptien — pour me reconnaître dans quelque momie ?

Mes explorations ont été rigoureuses : pas une église, un musée, un monument que je n'aie hanté. Le programme de mes journées bien préparé et suivi sans fantaisie procédait d'une méthode que je qualifiais de teutonne.

Je pourrais dire : exquis, le voyage. L'amateur d'images ferme les yeux et formes et couleurs accomplissent le rite de la procession. Parmi tant de représentations figurées, je n'ai pas rencontré un visage semblable au mien. Tous, par le génie du peintre, touchaient à la beauté, même ceux des ruffians, des judas, des écorchés, des vieillards. Ni Goya ni Ensor ne m'apportaient un signe d'identité. La verve caricaturale de William Hogarth ou du victorien George Cruikshank ne m'approchait pas. Gavarni et Daumier s'intéressaient à des laideurs autres que la mienne. Derrière les portraits éclatés de Pablo Picasso, je ne reconnus d'autres signes que ceux de la beauté à la recherche de tous ses états.

Je fus souvent en contemplation devant les

Vierges à l'Enfant. Parmi tant de Jésus adorables, je ne pouvais me reconnaître. Et pourtant, je restais en adoration comme un mage ou un berger. Je cherchais la nature humaine plus que divine. Le mouton, l'oiseau, la grappe de raisin, la fleur, la pomme, la grenade, les fleurs qui attirent les petites mains de l'Enfant me disaient la beauté du monde. Et Lui, il reposait dans les bras de la Vierge mère. Elle, Elle ma mère m'avait-elle tenu un instant dans ses bras ainsi ? Des paroles absurdes me traversaient : « Madame, accepteriez-vous d'être ma mère ? »

En ai-je vu, des visages peints ! Je parcourais ces portraits, de Ramsay à Angelica Kauffmann ou Romaine Brooks. En vain. Si je croyais reconnaître quelque ressemblance dans les sourcils de Juif errant de Frida Kahlo, dans les flous de Munch ou de Redon, mon imagination apportait beaucoup. Les *Giganti* du *palazzo del Té* me firent la nique. Je ne connus, outre-Manche, qu'une singularité : cet autoportrait de sir John Constable, si délicat, sensuel ; j'y reconnus l'envers de ma personne, comme si ce visage cachait le mien derrière un sourire énigmatique. Mais sans doute mon physique ingrat trouvait-il sa correspondance non chez le peintre mais chez quelque poète grinçant, Iwan Gilkin ou Rollinat, Baudelaire ou Gottfried Benn ?

Ma mémoire me surprenait. Pensais-je à la Tate Gallery, au Rijksmuseum, aux Offices, au Prado, au Louvre, que les salles surgissaient et que je voyais chaque peinture à son emplacement exact. Ma tête était devenue la plus immense des galeries puisqu'elle les réunissait toutes. Et je recevais dans mon cerveau l'âme des cités, Bruxelles, Munich, Florence, Prague, Anvers, Londres, Madrid..., me livrant l'or des siècles.

Il m'arriva de me voir dans un cauchemar arcimboldesque comme un agglomérat de fruits et de légumes en fermentation. Etais-je au bout de ma recherche ? Je n'avais cessé de contempler les natures mortes où les végétaux échappaient à l'immobilité des tables et des coupes pour se recomposer en portraits allégoriques. Représentations des saisons, visages de bois ou de livres, de coquillages ou de poissons, je surpris mon visage dans ces amoncellements préfigurateurs de leur décomposition. Le peintre des Habsbourg avait-il œuvré dans le pressentiment de ma laideur ? J'ai vu tomber mes yeux, mes joues, mon front, mes lèvres. Ma fin me parut proche. Par bonheur, le matin frais lava cauchemars et fantasmes, le miroir m'apporta le réconfort de mon visage recomposé et vivant.

La France serait l'ultime étape de mon voyage. J'interromps ici mes relations picturales. A Paris, ma recherche sera tout autre.

Pour donner du lest à mes bagages, j'ai expédié à Vevey une cantine chargée de livres d'art, de documentation, de cahiers, de croquis. J'ai renouvelé ma garde-robe. Moi qui ne me souciais guère de mon apparence, j'ai modifié ma manière de me vêtir : j'ai quitté le noir et le gris. Les trois inconnues de Rome en sont responsables.

Par Marie, j'ai appris le retour de ma mère à

la Villa. Elle a posé des questions à mon sujet, s'est enquise de la date de mon retour, a dit (sans doute une invention de Marie) que je lui manquais. Devant cette attention inattendue et sans doute fausse, j'ai cru bon d'écrire à la dame une missive aimable et composée à dessein de généralités, du même gris que mes anciens vêtements.

Ce n'est pas un goût du luxe contracté comme une maladie qui m'a conduit au Ritz. Dans le salon où j'écris règne un calme d'église à peine troublé par les sons du lointain piano-bar. Il est aisé de deviner la raison du choix de ce palace, encore que je doive quelques explications. Pourquoi ai-je remis ce qui me préoccupe de semaine en semaine ? Simplement, je n'étais pas prêt.

Ici, j'arpente un long couloir où, entre deux rangées de vitrines, des miroirs opposés vous reflètent à l'infini. Quoi ! une assemblée de monstres, un bataillon de polichinelles, un régiment d'épouvantails, comme si un seul d'entre eux ne suffisait pas ! Et toi, le narrateur, qui caches ton visage derrière ta main comme une Japonaise confuse, tu te permettrais une telle reproduction, la fabrication de tant de clones ? Je dirai tout, je le promets : qu'on ne m'arrache pas les ongles. Voilà que le lointain pianiste quitte ses airs viennois pour le Menuet de Boccherini et que je sifflote cette musique à l'opposé de mes goûts.

Je m'installe volontiers dans ce salon Directoire près de la salle de restaurant. Au moment des repas, j'entends des bruits d'argenterie et de vaisselle pas désagréables. Il s'y mêle la courtoisie des murmures.

Depuis une semaine je vis ici, ne quittant l'hôtel que pour un regard sur la ville, monuments ou musées hantés par les grands troupeaux culturels à qui les toiles offrent un semblant de consentement. Paris ne me séduit guère. Les édifices imités de l'antique me laissent froid. Mon regard est critique : ma laideur serait-elle contagieuse ? Ma mère a sans doute raison de ne pas me voir. Je reconnais être resté ébloui par les architectures du classicisme. Je tente de regarder des initiatives modernes avec les yeux d'un lointain avenir. Il y a du bourgeois fin de siècle dans ces créations. Trop d'étonnements détournent l'étonnement. Il paraît qu'il existe de sympathiques quartiers aux noms de villages. Il faudrait que je visite les faubourgs et lève les couvercles des toits.

Le Ritz est mon refuge. Je ris de ce qui pourrait passer pour un snobisme de mauvais aloi. Non, ce lieu où je fus conçu plutôt que dans une étable redevient le ventre maternel. Je l'ai choisi pour un regain de confiance en moi. Je veux regarder ma vie en face, comme je me mire désormais. Par curiosité et sans émotion. Ne suis-je pas un joueur ?

Pour voyager dans le temps, je baisse les paupières. Je vois Marcel Proust glisser sur le tapis moelleux en m'étonnant qu'il se ressemble si bien, puis c'est un peuple d'ombres, les charmants Fitzgerald, la Belle Otero ou Rudolph Valentino. Et, tandis que s'éloignent Winston Churchill et l'Aga Khan, la sylphide apparaît : Elle ma mère, elle, la seule à qui convienne le décor : ces objets des siècles élégants, tentures, abat-jour couleur pêche, verdures, elle, la dame du temps des rois. Sa présence efface les formes humaines de son entourage. Elle adresse un signe au liftier, un autre à ce bellâtre (ou ce laidâtre qui me conçut) qui la suit dans l'ascenseur. Des photographes se précipitent. Je suis ébloui par des orgasmes de flashes. La porte se referme. L'appareil monte lentement, disparaît. Dans quelques minutes, un microbe va sortir du néant. Le ventre de la merveille sera la demeure du serpent. Moi.

Bien qu'ayant déserté le jeu, je n'en perds pas le goût. Plus que joueur, je voudrais être carte, dé, pion, cavalier ou fou. Une main inconnue me guiderait vers le triomphe ou l'échec. Je ne serais responsable de rien. Ce n'est qu'un rêve. Mes forces déductives vont se porter sur mon investigation.

Je me confie ici mais ne m'épanche pas. Je déteste la confiture des sentiments. La recherche n'aura d'autre but qu'elle-même — comme un exploit sportif. Si je résous un problème, c'est que telle est ma fonction. La plupart des gens se dérobent aux questions. Que de fois ai-je vu le lyrisme devenir béquille parce que l'auteur fuyait la problématique !

Bientôt, je serai ce détective ; ni Maigret, ni Poirot, ni Miss Marple mais un humble privé usant ses semelles. Je ne porterai pas le trench-coat d'Humphrey Bogart qui hante lui aussi les salons du Ritz. Sans doute mettrai-je beaucoup de maladresse dans mon enquête. L'opiniâtreté suppléera-t-elle à mon inexpérience ?

Lorsque, nouveau Barnabooth, dans un de

mes trains d'Europe, je baissais la vitre pour que le vent de la vitesse me fouettât le visage, je me lavais de tout, de mon enfance, de mes sombres pensées, des effets du rejet de ma mère. Je me sentais neuf. Allait-il jaillir de la glaise un autre homme que moi ?

Les belles Romaines sont de bonnes fées, celles qui sont arrivées trop tard pour « se pencher sur mon berceau ». Le changement se divulgue au fil de ma plume, lentement, comme si je retenais une imprudente allégresse. Je me suis surpris à surveiller la croissance de ma chevelure et de ma barbe comme si j'en étais le jardinier. Me dissimulais-je sous ces poils ou me déguisais-je ? Je le crus, puis jugeai que je me trouvais ainsi au plus près de la nature. C'est en se rasant que l'homme se travestit. Dans un roman de Georges Simenon, un industriel ayant coupé sa moustache, son épouse le déclare obscène. Ce qui m'avait fait sourire ne me semblait plus si faux.

Devant le miroir, je me rendis à l'évidence : mon menton de travers, mes méplats accusés, mon agressive pomme d'Adam, ce que j'avais d'osseux, de tourmenté, tout cela avait disparu. Le gazon dissimulait le terril. Béni fut le fleuve de cette barbe noire et lustrée ! Habitué à ma laideur, je ne me reconnaissais plus, je voyais le visage d'un autre.

Les proportions de mon visage modifiées, il parut s'éclairer d'une coloration nouvelle. Mes cheveux, en s'allongeant, révélèrent une ondulation naturelle. Cet ensemble pileux taillé et peigné m'apportait de la distinction. Irréversible, la métamorphose se poursuivit comme si j'inversais l'aventure du héros de Kafka. Mes yeux cessèrent d'être ternes pour briller comme de l'anthracite. Marie me reprochait de parler dans mes dents, ce qui faisait grincer ma voix. Tandis que j'égalisais moustache et barbe de la pointe du ciseau, j'écartai les lèvres et la blancheur de mes dents me surprit. Je m'exerçai à parler d'une nouvelle façon. J'entendis une musique étrangère. Cette nouvelle voix était-elle la mienne ?

Je ne glissai pas de cailloux dans ma bouche. Je m'efforçai de parler d'une voix distincte, une voix de speaker d'autrefois, en lisant à voix haute. Un autre moi, celui du dedans ou celui qui m'envahissait, parlait à ma place. J'écoutai ce registre neuf, ces inflexions étranges et j'en variai les volumes comme si je jouais du cher hautbois. Par jeu, je fredonnai une mélodie de Rameau, *L'Impatience : Ce n'est plus le poids de ma peine / qui me fait pousser des soupirs. / La seule attente du plaisir...*, et ces paroles révélaient mon esprit nouveau.

Cette métamorphose allait-elle me gruger des conquêtes spirituelles qui m'avaient permis de résister aux atteintes ? Oublierais-je rancœurs et rancunes ? M'appauvrirais-je de mes gains ? Je connus quelques heures où la fatuité me guettait. La chenille pouvait-elle devenir papillon ? Le corbeau se prenait-il pour un rossignol ? A l'opposé de toutes mes idées, n'étais-je pas près de me convaincre que la nature n'a jamais rien créé de laid, si ce n'est le regard qu'on peut jeter sur un autre ?

Ces nouvelles dispositions de mon esprit ne me détermineraient pas à cesser mon enquête, bien au contraire ! mais je la poursuivrais avec quiétude. Je rejetai le miroir : j'avais mieux à faire que de jouer au Narcisse.

Installé dans la salle du restaurant de l'hôtel qui porte un nom de poisson précieux : *L'Espadon* que je confonds toujours avec *L'Esturgeon*, voilà que le goinfre se voulait gourmet. Les noms des plats me ravissaient de leur préciosité : l'esthétique poétique se glisse partout et Mlle de Scudéry se revêt d'un bonnet de cuisine. A défaut de déchiffrer le masque des délicieux produits, je n'avais d'autre souci que le raffinement de la dégustation.

Tandis que je mangeais, buvais, levant les yeux vers les tentures et les voilages, les arbustes et les plantes vertes sertissant la statue d'un jardinet intérieur, mon regard rencontra celui d'une dame qui, comme moi, dînait solitaire. Tenant entre deux doigts une flûte de champagne, elle mirait son sourire dans l'or pétillant. Elle leva ce verre dans ma direction avec cet air de complicité des solitaires ou des amateurs d'alcool perdus dans les bars. Je lui rendis sa politesse.

Je l'observai. Avait-elle atteint la quarantaine ? Elle offrait une beauté apprêtée, trop blonde, trop éclatante, trop voulue. Je devinai les soins de beauté, les miracles esthétiques, les prodiges de la haute couture. Ignorant si elle était belle de l'avoir été ou de vouloir le devenir, je l'admirai. La qualité du vin me donnait cette audace et cette indiscrétion peu dans ma nature.

Je portais un costume croisé en lin clair, des souliers de golf et une cravate club. Je copiais les attitudes des hommes élégants et cette aimable singerie m'apportait du maintien.

Je signai l'addition. Mon budget me laissait encore une marge assez large pour que je n'aie pas, comme disent les joueurs, à « me refaire ». La belle dame, la dame « de la haute », surveillait mes mouvements.

Dans la longue galerie, je regardais les soldats de plomb d'une vitrine quand elle me rejoignit. Sa main effleura mon bras, chassa une miette de mon revers. Dans un reflet, je crus reconnaître une autre femme : Elle ma mère. Cette vision se dissipa quand elle parla sur un ton nasillard qui martyrisait la belle langue anglaise. Habitant Los Angeles, épouse d'un sénateur, elle se trouvait à Paris, comme chaque année à la même date, pour assister aux présentations de couture et choisir robes et manteaux. Je dis : *Interesting !* en pensant le contraire. Elle redressa ma cravate d'un geste maternel.

Pour répondre à ses confidences, j'inventai quelques mensonges. Tandis que nous cheminions de salon en salon, elle me regardait de côté, me posait des questions inattendues comme celle de savoir si j'étais en bonne santé. Elle avait presque ma taille. Nous nous assortissions. Son long cou était cerné d'une petite ride émouvante. Elle prit mon bras. Ciel ! que m'arrivait-il ?

Par jeu, j'exagérai la déficience de mon anglais. Je désignai le bar aux verres étincelants. Elle remit un instant sa réponse. Ses boucles d'oreilles dansaient. Le naturel et la sophistication semblaient en lutte. Elle décida pour nous : j'étais invité à prendre un verre dans son appartement. Je dis : « Pourquoi pas. » Elle chuchota les indications d'étage et de numéro de suite, ajouta : « *Twenty minutes ?* » et j'acquiesçai.

Je me répétai : Une bonne fortune ! et souris des deux sens possibles de cette expression. Je mesurai la dérision : le palace, l'inconnue, l'aventure... situation convenue, absurde et magnifique. Et ce genre de chose m'arrivait à moi ! Allais-je fuir ? Je me sentis médiocre et décidai d'aller jusqu'au bout de cette médiocrité.

J'ajoutai dix minutes diplomatiques au temps convenu, pris l'escalier, me retrouvai devant une porte entrouverte. Sur un impératif *come in*, je traversai une entrée, un salon, pour atteindre une chambre en majesté. L'état des bagages indiquait un proche départ. Je serais le point final du voyage.

Enveloppée dans un peignoir de bain aux armes du lieu, elle se tenait demi-couchée au bord du lit. Pas de temps perdu. Elle se pencha et je pus apercevoir des seins fort attirants. Un frémissement me traversa. Elle me désigna la salle de bains : l'hygiène.

Après de rapides ablutions, je la retrouvai nue, étendue à plat ventre, la tête cachée dans ses bras. Habillé de ma barbe et de mes longs cheveux, je voyais la montée de mon désir. J'admirai sa beauté, le grain de sa peau, ses courbes d'animal de race, ses longues jambes. Le temps qui s'en prend aux visages laisse quelque répit aux corps. Toutes lampes éteintes, la lumière du dehors assurait une clarté douce. La dame me désigna la table de chevet : elle avait prévu ces cylindres élastiques destinés à prévenir les maux de Vénus. Je m'en habillai.

Quand, d'un mouvement brusque, elle se retourna, je mesurai l'ampleur du présent. Sa toison, au contraire de sa chevelure, était brune. Ses seins aux globes parfaits offraient d'agressives pointes bleues, tout ce que j'aime. Rassurez-vous : je ne vais pas narrer, par quelque morceau de bravoure, les étapes de nos ébats, avec turgescences et autres conventions. Nos bouches s'unirent, nos corps apprirent à se connaître. Habitué aux actes mercenaires, j'avais toujours limité mes initiatives. Je me pliai à la volonté de l'autre, à ses soubresauts désordonnés, puis je calmai sa fougue en retenant la mienne. Je me sentis le maître et enseignai les agréments de la lenteur. Là où elle ne semblait voir qu'une forme de sport, je lui imposai le jeu. Pour la première fois de ma vie, mon plaisir vint de celui que je donnai. Au bridge, je n'étais plus le mort ; au poker, j'étais maître du jeu ; j'opposais la chaude mathématique au hasard. Auparavant, en compagnie de prostituées, j'avais joué avec moi-même au jeu de patience.

Tandis que je m'accolais à sa beauté, elle m'envahissait. Je jouais la scène de tout mon pouvoir d'acteur. L'exploit renouvelé, la créature (je n'ai pas retenu son nom, il serait absurde d'en inventer un) s'étira, émit un grognement de fauve repu et se sépara de mon corps devenu inutile. La largeur du lit lui permit de mettre de la distance entre nous. Elle ferma les yeux, puis me regarda comme si elle s'éveillait d'un long sommeil et découvrait une présence étrangère. Je retins un absurde élan :

je devais rester fidèle à mon image de passant, me montrer désinvolte par élégance, les ombres de Mlle Chanel et des Fitzgerald me le dictaient. Je baisai son poignet et lui souris. Elle me remercia en français. Je fus tenté de répondre : « A votre service. » Je devais opérer une digne sortie mais lui laissai l'initiative de la séparation.

Prise de pudeur, elle passa un peignoir pour se rendre à la salle de bains où je la remplaçai pour me vêtir. Je refusai le dernier verre proposé. Elle réprima un bâillement en tordant sa bouche de manière assez laide. A mon approche pour l'adieu, elle tapa sur son front comme quelqu'un se souvenant d'un oubli. A ma surprise, j'entendis : *Money,* sur un mode interrogatif. M'étais-je trompé ? Je pris mon portefeuille au moment même où elle ouvrait son sac à main. Nous nous regardâmes. Son rire trop sonore, un de ces rires d'outre-Atlantique que nous jugeons vulgaires, dissipa la gêne. Je compris que la circulation de l'argent ne se situait pas dans le sens que je croyais : c'était la dame qui se voulait ma débitrice — comme si j'étais un gigolo, un *latin lover,* un homme qu'on paie, moi, l'épouvantail ! Elle riait toujours. J'étais charmant, très charmant, *picturesque, different.* Ne me vexant pas, tenté d'aller jusqu'à l'extrême de cette absurdité, de jouer ce jeu pour moi inédit dont je ne savais s'il était humiliant ou superbe, j'affichai mon cynisme. J'eus la vision rapide de ma mère signant un chèque pour son fils voyageur. Je secouai la tête, écartai une main qui tendait des billets bleus, me sentis proche de la violence. Je pris ces mains qui m'avaient caressé, les baisai, en cachant ma soudaine répugnance. Je murmurai *great* ! et lui baisai les joues comme celles d'une sœur. Je la quittai reconnaissante et ravie.

Cette nuit-là, j'ai parcouru la ville froide. Le crachin posait sa pollution sur ma peau. Sur mon chemin, comme des bornes, les bars lumineux m'adressaient des signes. Je ressentis le besoin d'un alcool violent, gin ou vodka, pour me brûler l'intérieur. A chaque station, je bus un verre double. L'alcool, la nuit me rendaient Paris acceptable.

Imprégné du parfum de mon absurde conquête, une fragrance lourde et épicée, j'aurais voulu respirer un parfum de roses, les Queen Elizabeth de la Villa au bord du Léman, si fraîches, si vivantes, et non ce parfum qui me faisait penser à la mort. La séquence que je venais de vivre me paraissait insensée. J'aurais dû être en joie ; je gardais un sentiment de défaite. Comme un tragédien égaré, j'avais tenu dans un vaudeville un rôle qui ne me convenait pas, joué un jeu en suivant les règles d'un autre jeu, trahi en moi quelque chose d'indéfinissable.

Marchant d'un pas mal assuré le long d'un quai de la Seine, inspiré par l'alcool, je me traitai de noms dérisoires : gigolo, greluchon, sigisbée, mignon, et ceux de ma condition s'inscrivirent dans cette suite : épouvantail, laideron, crapaud... Cette Américaine en mal d'aventure ne s'était donc pas aperçue de ma disgrâce ? Avais-je à ce point triché avec ma nature qu'on n'eût pu me dévoiler ? Sous ma pilosité : ma présence réelle. J'avais commis l'amour avec un masque noir de carnaval. Pour se venger, Polichinelle enterré dans un jardin suisse, n'allait-il pas réapparaître ?

Le souvenir de cette chair ombreuse et lumineuse se dissolvait. Je tentai d'en retrouver des images. Une autre forme prenait toute la place. Quand elle se précisa, je vis ma mère, Elle ma mère, et cette substitution s'accompagna d'effroi. Dans le même lieu qu'elle naguère, j'avais accompli le rite animal, celui qui aboutit à la mise bas. Pourquoi, moi si peu religieux, trouvais-je dans mes amours rapides une insulte au sacré ? Une idée vague de l'inceste par personne interposée ? Serais-je né ainsi d'une brève rencontre, d'une étreinte rapide, aussitôt oubliée ? Tout serait-il aussi vain, misérable ?

Ma mère alors n'avait pas tout à fait l'âge de l'Américaine. Et l'autre, ce John Edwards sans doute, d'où venait-il ? L'idée que les choses s'étaient passées dans la même banalité me remplit d'amertume. Je tentai de me persuader qu'il s'agissait d'une union véritable : le nom ne revenait-il pas sur l'agenda ? Ne le retrouvait-on pas dans le répertoire ? S'étaient-ils revus ailleurs qu'au Ritz ? Je voulais savoir : étais-je né d'un amour ou d'une chiennerie ? Et si cette chose qui m'est inconnue, et qui a nom Amour, que chantent les poètes et dont rêvent les jouvenceaux, s'est opérée, s'il y a eu ce je-ne-sais-quoi, tendresse, bonheur, accord ou coup de foudre, pourquoi le fruit né du magnifique a-t-il été si misérable ?

De l'ivresse naquit la nostalgie. L'eau du

fleuve étranger me rappela mon lac et je compris à quel point je l'aimais, combien la Villa m'était chère — en dépit de tout. Mes sens aiguisés me suggérèrent des images de métaux, de granit, de fourrures, de pelages et j'entendis les rires du lac, ses clapotis et ses bruits d'ailes. Il m'apparut majestueux, hors du temps, tantôt vêtu, tantôt se dénudant. Par correspondance, il prit les couleurs de ma pensée, tout ce sombre espérant le clair, et multiplia dans le souvenir toutes ses nuances. Comme un aveugle, je devinais sa nuit et à mon ouïe se faisait entendre le moindre de ses bruissements. Il devint un animal de compagnie dormant près de moi ou veillant sur mon sommeil. Ainsi, le lac m'appela et des idées folles me traversèrent. Tour à tour, j'insultais ma mère et me jetais à ses pieds. Quel désordre dans mon esprit !

Ce pont sur la Seine qui porte le nom d'un tsar et scintille de feux dérisoires m'a projeté de ville en ville. J'ai voulu le franchir comme si, sur l'autre rive, j'allais trouver Amsterdam, Prague ou Venise. Je chancelais. Le bateau ivre, l'Europe aux anciens parapets, les cartes et les estampes. Je me suis penché sur l'eau sombre. Le pont se soulevait pour me vider comme une bassine d'eau sale.

Jamais je ne fus si près de me détruire. Aux moments les plus hideux de ma vie, jamais je n'avais songé à mon suicide, et, ce soir-là, je voulais mourir. L'alcool parlait pour moi, avait pris la place de la pensée et de l'âme, l'envahisseur ! Il m'offrait la solution du problème : la destruction. Allais-je renverser le jeu par impuissance à le conduire ? Allais-je m'ensevelir dans ce Tartare où les mots beauté, laideur, solitude, abandon perdent leur sens, où tout se résout, se libère ?

Quelle révolte en moi, quel instinct vital, quel désir de poursuivre le jeu dans l'orgueil de la victoire m'ont retenu au sol mouvant ? Jamais je ne me suis détesté à ce point. Je me suis senti vomissure. Mon estomac s'est soulevé. Des spasmes ont traversé mes entrailles. Dans une suite d'orgasmes douloureux, j'ai rejeté alcool et nourriture, et ce fut comme si je me vomissais moi-même.

Quatre

J'aimerais glisser dans ce récit des pages roses comme celles qui séparent les noms propres des noms communs dans le *Petit Larousse* pour nous enseigner le sens des locutions latines et étrangères qui naguère pimentaient les conversations.

Ne me suis-je pas laissé aller à un fâcheux romantisme ? Si, la tête froide, je mesurais la portée de mon aventure, il ne me restait aucun sujet de plainte. Ma laideur, réfugiée dans ses cavernes, ne se montrait plus. Je pouvais même plaire : la preuve venait de m'en être donnée.

Je décidai de me placer du bon côté de la vie, d'en jouir avec obstination. Quittés les costumes sombres reprochés par les trois Romaines ; cultivant l'élégance, j'éloignai la grisaille de mes traits. Je devais apprendre à sourire. Dès lors, je fis bon accueil aux offrandes de la ville : concerts, théâtres, galeries, expositions, tout me tenta. De longues marches m'apprirent à connaître cette capitale au-delà de ses apparences. Personne dans la foule ne détournait ses regards. Je reçus même quelques sourires féminins. Mon agoraphobie me quitta.

De nature optimiste, Marie avait bercé mon enfance d'une expression familière : pour elle tout allait « comme sur des roulettes ». Il en fut ainsi pour mon enquête à son début : le parfait détective.

Sans rien perdre de la dignité des hôtes de grande maison, le personnel du Ritz me consentit une considération plus grande que celle réservée à la clientèle de passage. J'appartenais à la demeure comme un résident permanent. Je m'adressai au concierge, puis au réceptionniste. Cela donna cette innocente imposture : je n'étais pas, avant le présent séjour, venu au Ritz depuis un quart de siècle. J'avais alors six ans. Existerait-il une trace de mon passage ? Alors, j'accompagnais mon oncle. Il s'agissait là d'une curiosité de ma part mais je ne saurais m'engager dans de longues recherches. J'appris que rien n'était plus facile. Quelques instants plus tard, un registre était consulté. Je poussai mon caprice jusqu'à le feuilleter pour le plaisir de la découverte.

Mon interlocuteur, lisant à l'envers comme un typographe, me signalait des noms prestigieux. J'entendis celui de ma mère au moment même où je le découvrais. Je dis : « Ah oui, l'actrice. » Les dates coïncidaient avec celles de l'agenda. Je retrouvai le nom de page en page. Mais point de John Edwards. Je dis que j'avais dû me tromper. Peut-être s'agissait-il d'un autre lieu.

Pourquoi m'étais-je attribué quelques années de plus ? Comment allais-je les vivre ? Il me sembla que je n'avais atteint l'âge adulte que depuis mon départ de la Villa, mon éloignement du lac.

Plus tard, je confiai à mon interlocuteur que mon oncle avait connu au Ritz un nommé

John Edwards. En avait-on gardé le souvenir ? La réponse fut miraculeuse : John Edwards avait résidé au Ritz, non comme un client, mais en professionnel. J'appris que « le beau John » (le « beau » me surprit), après avoir occupé des fonctions de direction, avait suivi tous les maillons d'une chaîne hôtelière américaine avant de revenir en France. Je pourrais avoir des renseignements au George-V. Après m'avoir demandé si l'oncle imaginaire était joueur d'échecs (je jugeai habile d'attribuer cette qualité à mon *avunculus*), mon informateur me donna une raison possible de la relation entre l'oncle fantôme et le beau John : ce dernier était un fou des échecs. Serait-ce héréditaire ?

Tu parcours d'un pas élastique les arcades de la rue de Rivoli et tu t'imagines à Turin. Tu veux penser à autre chose et les pièges du labyrinthe te ramènent toujours au même lieu. Tu te veux insouciant. Tu vas jusqu'à te regarder dans le reflet des vitrines. Tu ne t'ennuies pas trop dans ta propre compagnie. Voudrais-tu vivre autrement, te rendre *utile* ? Ce mot provoque ton rejet. Autour de toi, tout s'effiloche, les sociétés, les nations, les personnes. Pourquoi voudrais-tu te recoudre ?

Les amours de la dame célèbre. Celles d'une femme, celles d'un mythe ? Le comparse aurait pu être maître d'hôtel, valet de chambre ou ce liftier du *Roman d'un tricheur* récompensé de son office par une montre. La vanité de ma recherche m'apparut. Dans une époque de don du sperme, de paternités anonymes, de mères porteuses et de bébés en éprouvettes, mes interrogations étaient dérisoires. La confusion m'accompagnait. Je regardais par les trous de serrure, fouillais les tiroirs, lisais des correspondances étrangères, consultais des agendas intimes. Et pour découvrir quoi ? Que j'étais laid et que je n'aurais pas dû l'être ? Que sous ma barbe s'estompait un visage ? Que je tirais ma force de ma chevelure ? Et si je rasais, coupais ces poils dissimulateurs pour retrouver ma laideur originelle ?

Qu'elle me manquait, ma chambre de Vevey ! et, plus que la chambre, mon lac. Je m'étais penché sur une eau étrangère sans m'y engloutir. J'aurais trouvé une autre volupté à me laisser avaler par les eaux douces de mon lac tant aimé, plus hospitalier que cette Seine vagabonde.

J'ai quitté le lieu de mon premier séjour parisien. Rien ne m'y retenait. J'ai émigré vers l'hôtel Castille, rue Cambon. Ecrivant à ma mère pour lui annoncer l'imminence de mon retour (ce en quoi je me trompais), j'avais pris soin de ne pas mentionner le Ritz. Je reçus une réponse à ma nouvelle adresse tracée d'une haute écriture chancelante, chaque lettre ressemblant à une tour de Pise, les lignes inégales tremblées. Cette missive attentive, sinon affectueuse, me surprit.

Mon hautbois restait silencieux. Seul me manquait le jeu. Je songeais à cette émotion au moment de découvrir les cartes reçues, à cette attente des lots du hasard qui forcent l'imagination. Je remettais ces plaisirs au futur. Je devais réserver toute mon énergie à mon projet, élaborer des combinaisons inédites. J'allais avancer dans l'obscurité à la recherche d'un point lumineux. Il me fallait gommer la timidité de mes années de retrait. Je ne devais songer qu'au résultat. Je le présumais effrayant.

Conscient que ce que je désirais me résistait, je m'attachais à mes fouilles avec opiniâtreté. Si j'écrivais un roman policier, je ferais état des avenues et des impasses, des espoirs et des déconvenues, à ce point qu'il m'arriva de me demander si ce que je cherchais ne se limitait pas à ma recherche.

Longue, l'enquête ! Elle commença au George-V, se poursuivit au Plaza, en d'autres lieux honorés d'étoiles sur les guides. J'oublierai d'inutiles approches, d'oiseuses conversations, des détours de toutes sortes. Moi, le solitaire du lac, je m'appliquais à séduire, à mettre en confiance, à provoquer les confidences. Le plus étonnant : j'y parvenais. De l'inconnu que je poursuivais, la vie entière se résumait dans le temps que je passais à tenter de reconstituer son itinéraire. Poursuivais-je une ombre ? De palace en palace, de bar en bar, je glanais des renseignements qui me conduisaient à en quêter d'autres. Où je croyais trouver une personnalité s'en dessinaient cent. « On l'appelait *le beau John,* tiens ! curieux, vraiment ! me dit un portier d'hôtel, moi je ne l'ai jamais trouvé beau, mais quelle allure ! »

L'homme introuvable prenait des airs d'agent secret. Multiforme. Tantôt suffisant, tantôt modeste. On le disait ladre ou généreux, mondain ou solitaire, expansif ou distant. Les témoins ne se contentaient-ils pas de répondre à mes suggestions ? Ces confidences ne m'apportaient pas même les éléments d'un portrait-robot et non plus d'un portrait moral. Ce John Edwards, on m'en signala les origines tour à tour anglaises, américaines, hollandaises, australiennes, chiliennes. N'avait-il montré que des aspects singuliers lui permettant de s'effacer derrière plusieurs apparences ?

Découragé, je me proposai d'interrompre l'enquête. L'éditeur de mes jeux à qui j'eus la fantaisie de téléphoner m'apprit la cession de l'*Alexandre* à l'étranger, suivie d'une rentrée d'argent inattendue. Continuerais-je mes errances ? Voilà que je m'imaginais parcourant le monde à la recherche d'une parenté mythique. Du cinéma à grand spectacle avec des décors grandioses, canyons, pyramides et autres, et tout au bout la chimère !

Je ne ferais rien de tout cela. Je m'offrirais un dernier repas au restaurant du Ritz, réunirais mes bagages au Castille, prendrais le train pour Lausanne. Penser que je pouvais m'y rendre en quatre heures me paraissait insensé, moi qui mesurais mon éloignement non en kilomètres mais en semaines dans un temps peu mesurable : celui de ma métamorphose.

Ce péché capital qui me fait douter du bien-fondé de tous les autres, la gourmandise, me servit. Sans doute exagère-t-on en comparant le maître queux à Michel-Ange et à Mozart. Je ne pris jamais la merveilleuse Marie, de Vevey, pour Shakespeare, mais je reconnais qu'il s'agit là d'un artisanat supérieur. Du risotto d'ailerons de volaille au ris de veau flambé en passant par d'autres merveilles, sans oublier le pétrus, je rendis hommage aux bonnes choses.

Le dîner dégusté, après la béatitude du cognac et du havane, je traversai le long couloir pour me rendre à la réception et saluer mon informateur. Bien m'en prit. Après un échange banal, l'élocution de cet homme charmant se précipita : « Vous m'avez parlé de M. Edwards, l'ami de votre oncle. La semaine dernière, il s'est arrêté ici pour deux nuits. Après tant d'années ! Vous évoquez sa présence, et voilà qu'il surgit ! Il a passé deux ans à Buenos Aires. Toujours le métier. Une belle réussite ! Il a des intérêts partout dans le monde. Je comprends qu'il se retire des affaires. Il a changé, le beau John... (Je demandai s'il était laid, si le terme "beau" n'était pas utilisé par antiphrase.)... Laid ? Pas du tout ! Il est même ce qu'on appelle un bel homme. L'âge n'arrange rien. Il a forci et tient toute la place... Je lui ai dit que vous m'aviez parlé de lui, il ne vous connaît pas... »

Je disciplinai mes questions. Elles amenèrent un début de portrait : « M. Edwards ne fait pas de l'épate, mais on ne voit que lui : sa taille, son volume, ses yeux d'un bleu ! Il vous transperce du regard. Tantôt il est ici, tantôt il est ailleurs. Il vous voit et il ne vous voit pas. Ou alors, il est caustique, pas désagréable, mais caustique. S'il est séduisant ? A sa manière, oui, mais il ne s'intéresse pas aux petites femmes. Pour lui, il n'y en a qu'une : la sienne. Il a rejoint son épouse dans le Perche où il a acquis une propriété. Elle, c'était une artiste. Elle ne joue plus. »

Pour lier la sauce de la conversation, je fis quelques remarques dont l'oncle inventé fit les frais. Le réceptionniste poursuivit : « Vous pourrez dire à Monsieur votre oncle que son ami est toujours chauve comme mon genou. Il n'a pas trouvé la lotion miracle. Ça lui donne un genre à la Yul Brynner, la boule de billard, ah ! ah ! M. Edwards ressemblerait plutôt à Tarass Boulba, à cause de ses énormes moustaches, ou à un dompteur... Tiens, pourquoi je dis : un dompteur ?... »

Je remerciai. Mon oncle serait content d'avoir des nouvelles de son ancien partenaire. Peut-être prendrait-il contact avec lui. Où le joindre ? Cette fois, je n'eus pas à piétiner. Le dieu des détectives était avec moi. John Edwards avait laissé sa carte et mon bonhomme la chercha dans son carnet. Je lus sur le bristol : *John Edwards, « La Jument noire », 61400 Mortagne-au-Perche*. Du diable si je connaissais la signification de ce chiffre départemental ! « C'est dans l'Orne », me dit mon interlocuteur.

Avant de faire le saut en avant (dans l'Eden ou dans l'abîme ?), je ressassai. Plus que d'une curiosité, si légitime qu'elle fût, il s'agissait pour moi de trouver une réponse. A la source de la question, ma laideur et mon rejet. Une clé me serait-elle donnée ? L'Œdipe en moi, pas plus qu'il n'avait séduit Jocaste, n'occirait Laïos. Seul le Sphinx m'attirait et je ne désirais pas délivrer Thèbes de l'ogre aux jeux si excitants.

Deux jours passèrent. Par la fenêtre de

l'hôtel, je regardais le ciel vide. Si près du but, je ne me sentais plus prêt à le rejoindre. Plus que la déception ou le drame, je craignais la banalité, l'ennui. N'avais-je pas tout à perdre ? Jouer ainsi ne correspondait pas à mon esprit de stratège. Mais j'avais engagé la partie. Tout cela à cause d'un agenda trouvé dans un carton à chapeau. Je songeais à retrouver Vevey, ma chambre, ma musique, mes jeux, mes livres, le lac... j'allais ajouter : Elle ma mère. A quoi bon ? Serait-elle seulement présente pour accueillir non pas l'enfant prodigue mais l'homme déçu ?

Au téléphone, Marie me parla à voix basse : « Oui, les choses marchent comme sur des roulettes. Si vous saviez comme le parc est beau ! Il n'y a jamais eu autant de fleurs. Vous avez manqué les iris, mais pour les roses, là, il y en a, et les glaïeuls, les dahlias, même la lavande, quelle splendeur ! (Marie m'attirait avec des fleurs.)... On a taillé la vigne vierge, elle dévorait le toit. Votre mère ? Vous la trouverez changée. Si, si, elle est en bonne santé, mais elle a perdu le goût de son travail. C'est dur de lutter contre l'âge. Oh ! si, elle est toujours divine comme vous dites... Mon neveu a réussi ses examens. Il sera médecin. Un médecin dans la famille, vous imaginez ! Et vous, c'est pour bientôt le retour ? On ne peut pas toujours traîner ses guêtres. Avant la fin de l'été ? Ah ! tout de même... Mais non ! vous ne me dérangez pas, je suis toujours heureuse de vous entendre... »

Dans ma rêverie, de retour à Vevey, je proposais à ma mère de travailler pour elle. Ou bien, fort de ma connaissance des langues, je sollicitais un emploi dans une organisation internationale. Ou encore, j'inventais un nouveau jeu.

Après des heures velléitaires, je pris la décision, pour éviter de futurs regrets, de mener jusqu'à son terme ma recherche. Je me trouvais dans la situation d'un lecteur de roman policier qui, au moment du dénouement, s'aperçoit que les dernières pages de son livre ont été arrachées. Ces pages, à moi de les écrire. Ma randonnée dans le Perche, ce nom de province inconnue de moi, marquerait la fin de mes errances.

Le bel été m'incitait à la liberté du voyage. Je connus le désir de me jeter dans la chaleur, de la traverser comme un sauteur de feu, mon énergie était grande. Je choisis l'inhabituel : je louai une motocyclette mais, cette fois, il ne s'agissait plus des moyens cubages que je connaissais. Tout me semblait permis : ainsi de dompter une mécanique comme je disciplinais mon corps rebelle.

Le gros de mon bagage fut laissé à l'hôtel. Je m'exerçai tout d'abord sur un boulevard périphérique à conduire cette V. Max Yamaha. Un matin, je chargeai les coffres d'un bagage estival. Equipé de toile et casqué, je pris la route habité par un sentiment de liberté et de conquête nouveau pour moi.

Ce bolide devenu un prolongement de mon corps, je me sentis doué de pouvoirs inconnus. Je refusai d'en mesurer la vanité, d'y voir l'appel ordinaire d'un plaisir facile, pour me livrer à ma fascination. Il me fallait ce vent de la vitesse, cette impression de traverser des murs invisibles. En défiant l'inconnu, je me donnais naissance. J'en arrivais même à oublier que je chevauchais un instrument réel, né de l'ingéniosité humaine. L'animal fabuleux entre mes cuisses, je devenais un cavalier d'enfer, cent fois Icare prenant sa revanche. Maître du temps, la distance se réduisait à ma volonté. Se pourrait-il qu'il n'y eût plus que cela : cette course folle dans un concert wagnérien qui m'enlevait au-dessus de mes habitudes terrestres ?

Pour la loi gendarme, sans doute roulais-je trop vite. J'étais le maître de la certitude qu'aucun accident ne pouvait m'arriver. Habité d'un désir de vie, peu m'importait de frôler la mort. Son attrait morbide ressenti devant mon lac ou devant la Seine se transformait en défi.

Le trajet me parut court. J'aurais traversé des continents. Lorsque je lus l'indication *Mortagne* sur un panneau, je ralentis, traversai le bourg. Pris par ma nouvelle passion, je dérivai en direction d'Alençon. Les yeux fixés sur le compteur de vitesse, repérant les bornes kilométriques, je me livrais à ma passion du calcul.

J'ai fait halte à Alençon sur une place où un restaurant à l'enseigne de Vatel m'adressait des signes. Ce maudit casque me faisait souffrir. La faim me dictait ses exigences. Ces réalités me permirent de ne pas rester hors de moi. Le ciel de l'Orne était d'un bleu invitant à le mériter. Le casque à la main, devant la motocyclette qu'admiraient des enfants, la barbe et le front humides de sueur, je ressentis un curieux bien-être.

Cinq

Dès que pour moi les faits s'acheminent dans le sens souhaité, je baptise providence le hasard qui les provoque. Après tant de capitales, cet arrêt dans un bourg, cette parenthèse ou ce point final, je l'ignorais encore, me charma.

L'afflux du tourisme d'été m'amena quelques nuits durant à loger chez l'habitant ; ce fut une dame centenaire qui m'accueillit ; toute de vivacité et d'intelligence, elle m'offrit un recueil de sonnets de sa composition. Enfin, à la faveur d'un désistement, j'obtins une chambre à l'hôtel du Tribunal, un de ces lieux que les Français appellent « bien de chez nous » et où on se sent « comme chez soi ». Je confiai ma motocyclette au garage comme on place un cheval à l'écurie.

Plutôt que de questionner sur l'objet de ma recherche, je m'en remettrais à de discrètes investigations et trouverais seul cette propriété du nom de « Jument noire ». Si ma curiosité de ce John Edwards était grande, je devais limiter ma hâte. Plutôt que d'élaborer une stratégie, je me confierais au dieu incertain des rencontres.

Le peintre de la nature ayant harmonisé ses couleurs pour parer les collines, distribué ses cours d'eau et ses étangs, offert aux hommes ces compagnons : les arbres de la forêt, il n'était que d'ajouter les œuvres de la main artiste pour parer le corps de quelques bijoux. Dans cette région de Mortagne, c'étaient d'élégants édifices, une semaison de manoirs et de fermes, de forteresses et de communs, d'églises et de chaumières.

Avant de découvrir les richesses dispersées, je parcourus le bourg. La hiérarchie dans la beauté est un leurre. Le vitrail des trois comtesses, Mahaut, Marie et Marguerite, ou celui à la gloire de Pierre Boucher, le pionnier du Canada, ne le cèdent en rien aux plus célèbres œuvres. Surprise ! oui, surprise que celle d'un lieu proche de Paris et permettant une telle évasion. Ainsi, l'apparition d'une procession d'hommes en chapeau, revêtus de longues robes de dignitaires rouge et noir à bandes blanches me transporta dans la France médiévale. Au vrai, il s'agissait d'une confrérie, celle dite du Goûte-Boudin, à la gloire de ce mets rustique dont Mortagne est la capitale. Je voudrais évoquer la porte Saint-Denis ou la maison Henri-IV, l'hôtel du Receveur des Tailles ou l'église Saint-André et parler de cloîtres et de cadrans solaires, mais ce n'est pas là l'objet de mon récit : je m'en tiendrai à ma propre histoire. Je vais entrer dans une de ses phases inattendues, et cela par la grâce du redouté John Edwards, amant supposé de ma mère, personnage contrasté, savoureux. J'allais découvrir un univers où je ferais appel à ma lucidité de joueur et de matheux, point si éloignée de cette harmonie de la nature et des édifices eux aussi fondés sur le nombre.

Un de mes talents de jeune homme se rappela à moi : l'aquarelle. Je me procurai un chevalet, une canne-siège et tout l'attirail nécessaire de pinceaux, couleurs, papier granulé, godets.

Pour reproduire les ciels changeants, la mouvance des eaux, les colorations de la pierre, je consacrai une journée à choisir les lieux. Soucieux de trouver les équivalences peintes de la brume et de la lumière, je commençai à travailler dans le souvenir de Bonington, Constable ou Turner, car ces paysages sont fort proches de ceux de l'Angleterre.

Au cours de mes déplacements, je lisais les noms des demeures sans trouver cette mystérieuse « Jument noire ». J'ai l'esprit trop logique pour penser qu'un être peut surgir dès lors que toutes les préoccupations se fixent sur lui. Cette fois, mon scepticisme fut battu en brèche. Installé sur la rive d'un étang couronné de chênes et de hêtres, je me livrais à mon travail d'aquarelliste quand j'entendis le pas lourd et lent d'un cheval. Je posai mon pinceau, regardai la surface de l'étang, le ciel, pour tenter de fixer dans mon souvenir cet instant fugace de la lumière et du reflet. Je tournai la tête.

Le spectacle en valait la peine. N'étais-je pas transporté dans l'univers du cinéma scandinave ! Pour peindre ce que je vis, il aurait fallu un maître puissant, Holbein ou Dürer. Ce percheron noir, massif, fait pour le trait, portait un cavalier à sa mesure : ce grand barbare blanc, crâne chauve, moustache forte, John Edwards tel qu'on me l'avait décrit, lui enfin, je n'en doutais pas. Dans la force de l'âge mûr, mince de taille, épais de poitrine, large d'épaules, long de jambes, le cavalier géant se dressait la tête haute : un tableau d'un autre temps, l'opposé du bronze équestre de Frémiet, emblème de Mortagne, avec un minuscule Neptune cavalier partant à la conquête de Cérès. Ici, le cavalier montait à cru. Bien que m'attendant à tout, je n'aurais pas imaginé cet homme tenant un rôle comme un acteur conscient de son originalité et qui en rajoute. Ainsi, John Edwards s'approchait de moi.

Ce sourire affable, ces yeux bleu tendre, cet amusement témoignaient d'une parfaite tranquillité d'esprit. Cet homme avait l'air heureux. Le cheval quitta le chemin pour se diriger vers l'étang. A ma hauteur, le cavalier se pencha de manière dangereuse sur mon aquarelle. Agacé comme un artiste mis à nu, je levai un sourcil. D'une voix de basse noble, l'homme demanda : « Artiste ? » Je répondis à son impertinence par une autre question : « Equestre ? » Il parut apprécier mon attitude de refus et fit : « Ah ! ah ! ah ! », puis « Tiens ! tiens ! » Sourire en coin, je lui confiai : « Non, je ne suis pas un artiste, mais un amateur, je m'amuse ! » Il rit et déclara : « Moi aussi, je m'amuse ! à bientôt peut-être ! »

Il mena boire sa monture. Je revins sans entrain à mon plaisir. Les coloris ne correspondaient plus à la nature changeante. J'aurais pu aussi bien peindre cela en chambre. Non, je n'étais pas doué. Et trop de sentiments en moi se mêlaient. Etais-je capable de tenter l'analyse, de refuser émotion et sentiments ? Imaginer que j'étais le fils de cet homme m'apparut absurde, et cela en dépit des notes de l'agenda. Ce centaure m'était étranger. Avait-il tenté l'enlèvement de Déjanire ma mère avant la délivrance d'Héraclès ? Le plus visible : je ne ressemblais pas à cet Edwards. « Tant pis pour moi ! » me dis-je, puis, par ironie : « Tant mieux pour lui ! » Et quels points communs entre lui et moi, la haute taille, peut-être ? Le ton caustique ? Chez lui, celui d'un homme habitué à être obéi, chez moi celui d'un être peu conciliant. Trop vague, tout cela !

Etais-je au début ou à la fin d'une partie ? Tandis que le cavalier s'éloignait, je rangeai mon matériel et l'arrimai à mes épaules. Avec cette taille, cette corpulence, monter un tel cheval, même dans son Perche d'origine, témoignait d'une fatuité théâtrale insupportable.

Je ne pus m'empêcher de le suivre. Il prit un chemin à droite. Sa tête qui dominait le taillis semblait rouler à son faîte. Un panneau indiquait : « La Jument noire ». Une double rangée de cyprès en arc de cercle protégeait la demeure. Au bout d'une allée bordée de plantations, je distinguai l'architecture de pierre blanche d'un corps de logis coupé au centre par une tour d'escalier ornée d'encorbellements et rééquilibré par des ailes de bâtiments solides, écuries, granges, communs, l'ensemble tenant du manoir et de la ferme.

En m'éloignant, j'entendis les sons d'un piano. Peu épris de Rachmaninov, je reconnus de la qualité à l'exécution. S'agissait-il d'un enregistrement ? Qui l'écoutait ? Je me souvins qu'Edwards était marié, peut-être père et grand-père. Pour mener l'enquête, qu'imaginerait un détective ? Prospecterait-il, la nuit venue, comme un cambrioleur, pour trouver la réponse ? Cela n'arrive guère dans la vie réelle. Quelles traces peut laisser une liaison ancienne ? Comment aurais-je pu deviner que ce logis de maître dissimulait un indice bouleversant ?

Je rendis visite à ma première logeuse, la dame qui venait d'ajouter une troisième année à ses cent ans. Je décidai d'oublier son âge. A force de lui en parler, de s'en étonner, de la considérer comme un phénomène, de lui demander en somme : « Pourquoi n'êtes-vous pas morte ? », on atteignait au mauvais goût. Je m'abstins de toute allusion, ne goûtant guère cette condescendance envers les personnes âgées qui passe pour du respect. Cette dame ne s'endormait pas dans ses souvenirs ; elle vivait le présent, envisageait l'avenir. Je ne rendais pas visite à une ancêtre, une momie mais à une dame dont on apprécie l'air et la toilette.

Tandis que nous prenions le thé, elle m'apprit que se préparait à Mortagne une fête littéraire. Aurais-je préféré une fête mathématique ? Les mots s'accordent moins bien. A ces réjouissances étaient conviés des auteurs régionaux sous le parrainage d'un « écrivain connu » venu de Paris. Au cours d'une séance de dédicaces, mon amie présenterait sa plaquette de vers.

Entre deux biscuits, elle m'annonça que le banquet aurait lieu au restaurant de mon hôtel. Me plairait-il de l'y accompagner ?

D'ailleurs, sans me demander mon avis, elle m'avait fait inviter. L'y conduirais-je à motocyclette ? Elle m'avoua qu'elle plaisantait. Quelle personne délicieuse ! On l'aurait crue auréolée par cent ans de bonheur.

Pour décrire ce banquet, que n'ai-je le talent d'un certain Gustave lorsqu'il décrit un couple au sein d'un comice agricole ! A notre arrivée, ma cavalière m'abandonna à ce qu'elle appelait « les jeunesses ». Elle s'installa dans un fauteuil comme sur un trône et fut très entourée.

Une flûte de champagne à la main, je me cachai dans un angle de la salle. Plusieurs personnes me rejoignirent et eurent la délicatesse d'agir comme si elles me connaissaient de longue date. Nous parlâmes surtout de Mortagne dont toutes étaient éprises. Disant mon goût du lieu, décrivant un étang, un manoir, une forêt, je me sentis adopté. Ici, le passeport était d'aimer.

L'Ecrivain-connu apparut. On l'applaudit. Chez cet homme replet dominait le bon vivant, le conteur jovial. Je distinguai chez lui un fonds de mélancolie et une manière de se moquer de son rôle qui ne me déplurent pas. Il posait cent questions comme pour dissimuler derrière son intérêt d'autrui une part cachée de lui-même. Quand je lui dis ma nationalité, il évoqua un bureau de tabac de Vevey qui fournissait des mélanges sur ordonnance, des vignobles et quelques amis que je ne connaissais pas. Je ne pouvais l'entretenir de son œuvre, n'ayant rien lu de lui et ignorant jusqu'à ce jour son existence, mais d'autres s'en chargeraient à merci.

Mon intérêt se porta sur un nouvel arrivant, John Edwards, et ce fut comme s'il n'y avait plus que lui. En costume sombre, cravaté, élégant, il n'était plus Gengis Khān sur son cheval mais un gentleman discret, soucieux de s'effacer derrière les Mortagnais d'origine. Cela nous rapprochait. Il me rappela notre brève rencontre, se nomma : « John Edwards », et je répondis : « Pierre Laurence. »

Il pria le maire d'excuser l'absence de sa femme « pour les raisons que vous savez ». Lesquelles ? A table, nous fûmes séparés. Je me trouvai placé entre deux dames qui se parlaient tantôt devant mon nez, tantôt derrière mes épaules, ce qui m'obligeait à une gymnastique constante. Le déroulement du banquet m'apporta la surprise de discours plus brefs que je ne les imaginais en province. Les invités poètes dirent des vers sans abuser. Au moment du dessert, un jeu fut proposé par un des organisateurs : découvrir l'auteur d'un court poème qu'il récita. Le philosophe Alain étant le grand homme de Mortagne, par déduction je compris qu'il s'agissait de lui. Je me tus. Après bien des noms cités, l'Ecrivain-connu apporta la bonne réponse. On s'amusa car la récompense consistait en un de ses propres livres dédicacé. Il fit un speech humoristique et offrit le livre à sa voisine, une belle dame aux blondeurs normandes, en se penchant sur un décolleté comme il n'en est plus guère.

Après le calvados, le maire donna le signal du départ. Je le remerciai et sortis en même temps que John Edwards qui me présenta un étui à cigares. J'acceptai un *Especiales n° 1*. Il me tendit un coupe-cigare et me donna du feu. Comme il était encore tôt, il me proposa de faire quelques pas ensemble. Après cet exquis dîner, la fraîcheur de la nuit nous apporterait du bien.

Je l'accompagnai jusqu'au chemin de sa maison. Tandis que nos cigares rougeoyaient dans la nuit, il fit allusion à mon goût de l'aquarelle, m'entretint des ornements de la solitude, le dessin, la musique, le chant, l'écriture, cela que cultivaient les jeunes gens de jadis alors qu'aujourd'hui on s'en tenait aux seuls jouissances du spectacle. Il m'avoua être quelque peu conservateur, sans repousser cependant les apports de la modernité. Je lui demandai s'il ne s'agissait pas là d'un alibi et il éclata de rire en me disant qu'il était le courtisan d'un monde disparu.

Je lui parlai de ma Suisse natale avec un certain feu d'amour qui m'étonna moi-même. Il me confia : « Nous avons une amie qui vit en Suisse, mais c'est un pigeon voyageur... » Sans doute s'agissait-il de ma mère. Pourquoi ce « nous » ? Un nous de majesté ?

Je lui parlai de l'aquarelle et du hautbois. Sans être exécutant, il vivait dans un milieu musical. Je décrivis mes itinéraires européens, avançai les raisons de mon séjour dans le Perche : le choix d'un lieu hors des grandes villes provoqué par la rencontre de dépliants touristiques. Il me dit, avec l'excuse du calvados qui l'amenait à extravaguer, que si j'avais choisi ce lieu pour l'été, mon inconscient avait dû me le dicter. Parce que je cachais quelque projet, cela me rendait mystérieux et intéressant. Il avait l'âge d'être mon père (!) or, ma manière d'être détruisait la différence d'âge comme si, me vieillissant, je le rajeunissais. Il ponctuait ses phrases de rires sonores puis avouait dire n'importe quoi. Il se sentait avec moi « en intelligence » comme si l'Intelligence était une patrie.

Je mesurai ce composé d'intuition et de perspicacité. J'avais affaire à « forte partie ». Je devais redoubler de prudence. Et que cherchais-je au fond ? A supposer que j'eusse confirmation de sa paternité, je garderais le silence, le quitterais un peu plus blessé. Quant à ma disgrâce physique, elle resterait sans explication. Mais quel moteur que la curiosité !

Il me tendit une allumette pour ranimer mon cigare éteint, me dit que cet interdit était de la blague. A propos des méfaits du tabac et de l'alcool, il observa que nous entrions dans une ère insipide dominée par la pudibonderie anglo-saxonne. J'ouvris là un verrou : non, il n'était ni anglais ni américain mais bien français. Son nom ? un lointain ancêtre émigré au Chili. Sa mère était bretonne. John ? Une tradition familiale : les aînés se prénommaient ainsi.

« Quelle belle nuit ! » dit-il. Il adora un instant la lune et les étoiles. Le chemin me parut court. Pourquoi cette attirance pour celui que j'aurais dû repousser ? Ses paroles, ses rires, ses gestes témoignaient d'une aptitude à la joie de vivre dont j'étais dénué.

Il imita l'Ecrivain-connu rencontré au banquet de manière comique, en faisant une sorte d'anthropophage dévorant les mets et les êtres pour s'en nourrir et pour restituer ces derniers sous forme de livres. A ses traits, il ajouta une grimace de vampire en observant : « Nous sommes tous des monstres ! » Ma mère disait « le petit monstre ».

Aux abords de la maison, j'entendis le piano. John en vint aux confidences. Il s'occupait d'industrie et de commerce hôteliers. Il comptait prendre ses distances avec ces occupations. Il me proposa, parce que la nuit était belle, de me raccompagner jusqu'à l'étang. Je lui confiai mon intérêt pour les mathématiques et la géométrie, mon goût pour les jeux, enfin, ma passion pour les échecs. Le piège fonctionna. Il écarta les mains, regarda vers le ciel et s'exclama : « Béni soit le ciel ! » et, me regardant, il reprit : « Béni soit le ciel qui m'envoie enfin un partenaire ! » Je suis un bel hypocrite ! Je fis semblant d'être étonné et ravi qu'il jouât lui aussi aux échecs.

L'espion avait trouvé son sésame. L'habitude du jeu m'avait rendu calculateur, mais pas tout à fait sans remords. Il subsistait en moi un sens loyal. Les traîtres font-ils leur examen de conscience ? Trop tard pour les regrets. N'étions-nous pas « tous des monstres » ? J'imaginais déjà les pièces en ordre de bataille sur l'échiquier.

« Quittons-nous ici ! » décida John Edwards. Tout près, dans un champ, je vis un épouvantail. Nous convînmes d'une rencontre chez John, à « La Jument noire ». Je connaissais le chemin. Ce serait pour le lendemain en début d'après-midi. Non, je ne m'adonnais pas à la sieste. Lui non plus. Il me serra vigoureusement la main, me donna une tape sur l'épaule et s'éloigna d'une démarche gambadante. J'écrasai le feu de mon cigare sur une pierre.

Je dormis mal. L'abondance du repas, les alcools en furent la cause. Et je fus visité par un cauchemar. Je me trouvais devant la villa de ma mère, au bord du lac. Au loin j'entendis le vrombissement d'une motocyclette. La mienne. Je regardai de nouveau vers le lac mais l'étang du Perche, celui de la rencontre, s'y substitua. L'ombre s'épaissit. Je foulais des éteules. C'est alors que je le vis, dressé comme un calvaire, ruiné, dérisoire, avec ses haillons, son feutre troué, lui, l'emblème à l'image de l'homme effrayant, l'Epouvantail ! celui qui portait un des noms que me donnait ma mère. Je dépouillai le mannequin, me vêtis de ses lambeaux, me coiffai de son chapeau, gravis les pierres l'étayant et pris sa place, les bras en croix comme le Christ. Moi l'épouvantail !

Une forme s'approcha, une sorte de moine qui se signa et s'agenouilla. Je reconnus ma mère, ma mère qui priait. Le chapeau me serrait le front comme une couronne d'épines. J'entendis de nouveau la motocyclette, puis la musique d'un piano. Je voulus m'éloigner ; mon corps ne m'obéit pas. Ma tête s'inclina. Ma mère ? Une femme aux cheveux blancs, au visage lugubre, à la peau ridée. Suppliante, elle posa un doigt sur ses lèvres et murmura : « Non ! non ! » Elle écarta les bras comme pour m'empêcher de fuir...

Je me dressai sur mon lit, en sueur, persuadé que j'avais vécu ce cauchemar. Un rayon du premier soleil me fit ouvrir les yeux. Je reconnus la chambre, ses meubles, son miroir. La protection du réel. Farouche, je repoussai l'interprétation. Je bâillai, m'étirai, remuai les bras. Ainsi tombèrent toutes mes chaînes.

Six

Baumes, ces ruisseaux qui courent vers la Sarthe ou l'Huisne naissantes. Sauvegardes, ces pentes qui les entraînent, ces vallons, ces prairies et ces bois. Equilibre, ces édifices, ces monuments, ces marchés de plein air. Chaleur, ces gens affairés ou nonchalants. J'ouvre une fenêtre, les fantômes s'effacent.

Après toilette et petit déjeuner, de la pointe du ciseau, j'ordonnai des boucles trop longues et disciplinai les excès de ma barbe. Le miroir me montra un ruffian acceptable. Je revêtis un pantalon clair et un polo vert, des tennis qui m'allégèrent. Le cuisinier me prépara un casse-croûte. Je désirais parcourir la campagne jusqu'à l'heure du rendez-vous de la partie d'échecs.

Je pris mon repas sur la rive d'un ruisselet. L'eau, pour polir les cailloux, prenait tout son temps. En traversant le champ proche du lac, je rendis visite à l'épouvantail, cet intrus de mon sommeil. Il n'était autre chose que lui-même : des branches nouées et des loques. Doutant de son utilité, l'idée me vint qu'il attirait les oiseaux. J'eus envers lui quelques égards. Je le redressai et nouai les chiffons.

J'attendis l'heure décente pour franchir le seuil de la maison des champs. Elle me parut plus vaste que l'effet de perspective ne me l'avait montrée, et aussi plus harmonieuse, avec ses ailes en équerre et sa tour. Un homme en tenue de travail leva sa casquette. Je répondis par un salut de la main.

Mon hôte vint à ma rencontre. Vêtu comme moi en clair et vert, cette similitude le fit sourire. Nous entrâmes dans une vaste pièce dallée au sol recouvert de nombreux tapis ayant le bon goût d'être usés, meublée de fauteuils et de chaises dépareillés, de tables, de bahuts cueillis au hasard de la brocante. Une partie de la pièce, en retrait, n'était pas encore aménagée. Des planches attendaient de devenir rayonnages. Des cartons de livres s'entassaient, et aussi toutes sortes de bibelots exotiques.

A droite de la cheminée monumentale, sur une table de ferme, l'échiquier m'apparut comme un être vivant, ses armées courtoises prêtes pour la bataille. Après nous être rafraîchis d'une bolée de cidre, nous nous mîmes au jeu.

Tandis que la partie débutait dans la prudence, pourquoi pensai-je à l'Ecrivain-connu que je ne connaissais pas ? Si, selon les propos de John Edwards, il se nourrissait de la vie des autres, n'était-ce pas pour repousser l'introspection, comme chez Henry James, pour éviter de mettre à nu son propre secret ? Et moi, n'étais-je pas à son image, qui commençais une partie d'échecs en pensant à un autre jeu : celui de pénétrer dans la citadelle de mon adversaire pour découvrir son rapport à mon hypocrite personne, Sa Disgrâce, le jeune Suisse fureteur ? L'idée me vint que la réponse existait en moi, cachée dans quelque repli de ma conscience — et non en lui, quelle que fût sa responsabilité dans mes désastres.

Ainsi, devant cet échiquier chinois aux lourdes pièces, suivais-je un double jeu, celui des figures du combat et, tout autant, celui de ma pensée. Mon attention était fausse, j'étais distrait, c'est-à-dire attentif à autre chose. Pour tenter de me rassembler, je laissai s'écouler beaucoup de temps avant de me décider à l'attaque ou à la riposte. John Edwards souriait. Il ne me dominait pas de la taille mais sa force m'enveloppait comme un manteau paralysant. Je n'avais pour allié que mon savoir du jeu.

Figure de mon cauchemar, cette mère fantomatique ne m'avait-elle pas signifié d'abandonner une partie dangereuse et de ne pas la pousser plus avant ? Non, un rêve ne me ferait pas oublier des années de raison. Aussi congédiai-je M. Freud sans ménagement.

Par deux fois, John Edwards quitta le jeu pour gravir l'escalier de pierre. Sa femme se déplaçait dans un fauteuil roulant (il ne dit pas le mot « infirme »). En l'absence d'une servante, il lui rendait de courtes visites. Lucie Edwards était pianiste. Des récitals lui avaient apporté une grande réputation. Un accident avait interrompu sa carrière. Elle ne jouait plus que pour son plaisir. Ainsi, Rachmaninov, c'était elle. Leur mariage datait de quarante ans. « L'accident fut notre seule ombre ! » observa John Edwards. Que penser ? La partie terminée, nous prendrions le thé au premier étage, chez la dame.

Je parlerais de notre jeu si je n'en avais pas

oublié le déroulement. Assuré de battre cet adversaire, je mettais un frein à ma science. Bientôt, m'apercevant que j'avais affaire à partie redoutable, je dus me livrer au combat. Ma désinvolture fondit, je commis deux fautes. Je me dis avec mauvaise foi que je le laisserais gagner pour le battre ensuite, que ce serait *fair-play* et autres balivernes. Par orgueil, je voulus gagner. Dès lors, la tension s'installa, je fis appel à cette gymnastique de l'intelligence qui m'avait permis de survivre à ma disgrâce.

Sentant le vent de la défaite, l'agacement me gagna. Etais-je si mauvais joueur ? Je perdis mes moyens, ma lucidité. Cependant, ce n'était pas à ce jeu-là que je voulais gagner. Amené à renverser le pion, je le fis comme si je décidais de la partie. John resta silencieux et je dis : « Waterloo ! » à quoi il répondit : « Seulement mon Austerlitz, vous prendrez votre revanche... » Il replaça sans hâte les pièces de l'échiquier comme s'il réservait à chacune une attention particulière. La partie avait duré trois heures. J'étais épuisé.

Etais-je aussi habile à jouer du hautbois qu'à mener la vie dure à mon adversaire ? A cette question courtoise, je répondis par un détour : je jouais mieux du hautbois que je n'exécutais mes aquarelles. J'avais étudié seul, quelques leçons m'avaient appris à me perfectionner. Je ne faisais de la musique que dans la solitude. Parfois, j'accompagnais un enregistrement. « J'ai une petite idée à ce sujet ! » dit-il. Je fus convié au thé du premier étage.

Nous rejoignîmes un salon de musique où je reconnus un piano Erard qui me fit penser à Liszt. Je regardai sur des tables vernies des piles de partitions, au mur des portraits de compositeurs célèbres, ici et là des instruments divers, une harpe, un violoncelle, les éléments d'un ensemble stéréophonique. Une bibliothèque était composée d'ouvrages sur la musique et les musiciens. Le lieu me plut. Les vases de fleurs n'en effaçaient pas l'austérité.

Tandis que la servante disposait le service à thé sur une table basse, venant de la pièce voisine, apparut Lucie Edwards dans un fauteuil roulant dont elle actionnait les roues. Fortement charpentée, le buste haut, son immobilisation était la cause de son embonpoint et de sa pâleur. Vêtue d'une ample robe gris souris, elle en avait retroussé haut les manches comme le font les travailleuses. Son front dégarni et bombé surmonté d'une maigre chevelure grise tirée en chignon, son menton volontaire, ses yeux durs, un je-ne-sais-quoi de masculin me donnèrent à penser qu'elle n'avait pas un caractère facile. Elle me dédia un sourire de dame qui reçoit et cela effaça en partie sa sévérité. Elle s'exprimait d'une voix forte et nette, assez mélodieuse. John Edwards, en sa présence, rapetissait, montrait des prévenances maladroites.

J'entamai un discours banal pour remercier de l'accueil. Lucie Edwards procéda au rite du thé, lait ou citron ? tranches de cake, sucre ou faux sucre ? De quoi parlâmes-nous ? Du Perche et de la Suisse, du paysage et du jeu d'échecs, de la sécheresse de l'été et de je ne sais quel fait d'actualité. J'eus l'impression que chacun de nous, conscient de cette banalité, ne cherchait pas à s'en extraire.

Parce que trop présente, j'évitai le sujet de la

musique. Le regard du bon John Edwards allait de sa femme à moi comme pour nous unir. Le géant sonore avait laissé place à un cavalier démonté et timide, comme si c'était lui l'infirme.

Le bon ton respecté, je voulus prendre congé. Dès lors, tout changea. Comme si mon départ allait les plonger dans une malfaisante solitude, ils me retinrent. La dame parla du goût de Romain Rolland et de Julien Green pour la musique, John Edwards glissa vers Hemingway (son modèle ?) et je bafouillai sur Faulkner. Puis l'on voyagea à Salzbourg et à Bayreuth. Mes hôtes me suggéraient qu'une conversation intéressante était possible. John retrouva sa voix de basse-taille pour me fixer le rendez-vous de la prochaine partie d'échecs. Il ajouta : « Vous apporterez votre basson, heu non ! je veux dire votre hautbois, je suis sûr qu'il est dans vos bagages ! » Et la dame : « Oui, faites-nous ce plaisir ! » Je signalai que je n'étais qu'un faible amateur, qu'il faudrait m'accorder beaucoup d'indulgence, à quoi Lucie Edwards répondit avec une froideur inattendue : « Je suis tout, sauf indulgente ! »

A peine avais-je quitté « La Jument noire » que j'entendis le piano. Avais-je été si importun ? Je me sentis décontenancé. Puis je me mis à siffloter l'air que je venais d'entendre.

De temps en temps, je téléphonais à Vevey sans jamais obtenir le privilège de parler à ma mère. Si sa secrétaire répondait, elle me passait Marie, une Marie maussade. Que pouvait-elle m'apprendre ? Rien en particulier. Rentrerais-je bientôt ? « Il serait temps... », disait le ton de sa voix. Pourquoi cette absence prolongée ? Ma mère ? Rien à en dire sinon qu'elle ne quittait guère la Villa. Elle avait demandé la date de mon retour. Je ferais bien de revenir. De quoi se mêlait cette bonne Marie ? Ne me cachait-on pas quelque chose ?

Je n'avais plus beaucoup d'argent. Quelle solution trouver ? Inventer un nouveau jeu ? La mode était aux gadgets électroniques dont je n'avais pas la technique. Il y faudrait des études qui me rebutaient. Ces soucis me rappelaient au bercail. M'attarder à Mortagne-au-Perche n'était-il pas sans objet ?

Comme j'aimerais modifier ce qui sera bientôt la charnière de mon récit ! Si, tel un espion de roman, j'avais eu le front d'explorer chaque pièce de cette « Jument noire », la patience de détailler chaque objet, de lire les murs, de fouiller du regard, j'aurais découvert une première réponse, le début d'un bouleversement en plusieurs temps. Lorsque nous prenions le thé dans le salon de musique, je brûlais comme à cache-tampon. Comment pouvais-je le savoir ?

John (nous nous appelions désormais par nos prénoms) et moi, sous le prétexte des échecs, ne jouions-nous pas à la guerre secrète ? Son avantage était celui d'un visage ouvert comme un livre mais dont le texte en langue inconnue restait indéchiffrable. Moi, velu, ténébreux, je me trouvais à l'opposé de cet homme rieur.

Le chemin de l'hôtel du Tribunal à « La

Jument noire » me devint familier. L'échiquier était l'aimant. Les forces égales, la lutte serrée, le résultat incertain, le jeu s'étalait parfois sur deux jours. Le thé chez Lucie se fit un rituel. J'oubliai le hautbois. John insista : cela ferait plaisir à Lucie, bien qu'elle se tût sur ce point. Curieuse femme : tantôt austère, tantôt souriante, son jugement ne m'était sans doute pas favorable, je n'étais que le jeune homme des échecs. Mon enquête stagnait. L'amitié de John me désarmait le regard inquisiteur de Lucie me désarçonnait. A la sensibilité de l'artiste s'ajoutaient les antennes qu'ont les infirmes. J'éprouvais l'impression d'être sondé quand j'aurais souhaité le contraire.

Allais-je être démasqué ? De moi, je ne livrais que bribes. Je vivais en Suisse alémanique (un mensonge) auprès de deux tantes (deuxième mensonge) et j'appartenais à une famille de magistrats (et de trois !). Je profitais de vacances avant de procéder à une construction de mon avenir. John, par son travail, s'était élevé dans la hiérarchie hôtelière au point d'entreprendre des renouvellements. Conseiller de chaînes internationales, ayant obtenu des participations dans certaines d'entre elles, il était devenu un homme d'affaires parcourant les grandes villes du monde et, sous les ordres capitalistes, semant des édifices — jusqu'à ce que la réussite l'accablât de son ennui.

Alors qu'il habitait le Plaza de Buenos Aires, au cours d'une randonnée dans la pampa, il avait revêtu les pantalons bouffants, chaussé les bottes souples, s'était paré d'un ceinturon étincelant de pièces de monnaie, d'un chapeau noir pour monter un cheval de gaucho. Apprenant à jouer des *bolas*, il avait découvert sa véritable vocation : se griser d'espace plutôt que de vivre dans les cages luxueuses des palaces. Il en naquit un amour immodéré des chevaux. A Mortagne, il avait le caprice de réunir un échantillonnage de la race chevaline. Encore, à son début, il se composait de quatre équidés : la jument percheronne, un demi-sang de Norfolk, un poney gris à longs poils et une brave plébéienne de mule.

Alors que rien ne me le laissait présager, je vécus des jours qui compteraient parmi les plus agréables de ma vie, une saison en paradis avant que, par la grâce d'un châle de laine mauve, un éclairage bouleversant ne me fût apporté.

Je devins donc un familier de « La Jument noire ». Je dus même décliner l'offre de John de quitter mon hôtel pour séjourner là où je passais mes journées. Aux échecs, je gagnais ou perdais sans éprouver satisfaction ni déception. Il suffisait d'être présent en face de cet homme, pédagogue de l'insouciance et de la bonne humeur, à la fois rabelaisien et sensible, comédien et sincère, cordial et bourru. Je restais sur les lieux pour le simple plaisir du contact. J'en oubliais l'objet de ma présence. Le sens psychologique, la suite me le prouverait, me faisait défaut. Et comment l'emporter à un jeu sans en connaître les règles ?

Le parc, derrière la maison, gardait les traces d'un jardin à la française bien que le temps, l'abandon de la main jardinière, une foisonnante nature aient eu raison de la perspective et de la symétrie. Les cultures environnantes étant soumises aux désorganisateurs de l'équilibre naturel, les insectes, les oiseaux trouvaient là un refuge. Cet état sauvage ne déplaisait pas à qui préfère les ruines aux édifices. Cependant, par souci géométrique, en pensée, je traçais des allées, inventais labyrinthes, étoiles, carrés, triangles.

Je soumis à John une idée : s'il existait un parc discipliné bordé de haies, agrémenté de massifs floraux, parcouru par des allées lisses, Lucie pourrait faire rouler son fauteuil et retrouver une impression de liberté, le grand air effaçant sa pâleur. John se tapa le front du plat de la main et se reprocha de ne pas y avoir pensé.

Commença un travail à quoi je m'associai. Avec l'aide de deux jardiniers, armés de faucilles, sécateurs et bêches, nous donnâmes à ce parc belle tournure. Le tracé initial, de bonne harmonie, fut respecté. Pour moi, ignorant des travaux de la main et du poids de la terre, quelle épreuve ! J'appris ce que signifiait le mot ampoule quand il ne s'agit pas d'éclairage. Les deux premières journées furent suppliciantes, puis le corps s'assouplit et s'adapta.

Quand venait le temps de la pause, nous nous dirigions vers la cuisine pour un repas de laboureurs. Si j'avais retrouvé ma boulimie, ma maigreur ne résistait plus, mes vêtements ne flottaient pas, mon col et ma ceinture me serraient. Le grand décharné se remplumait et tâtait ses muscles.

Au travail, les ouvriers commandaient. Eux connaissaient l'enseignement de la terre. Ils n'hésitaient pas à se moquer de nos maladresses de citadins. Ma contribution à ces travaux était naturelle. Comment expliquer que je me sentais chez moi ?

Nous dûmes répartir du gravier dans les allées et le tasser en tirant un lourd rouleau. Des pierres bordèrent les massifs. Le labourage et le fumage grâce aux chevaux permirent de premières plantations. John et moi admirions ce paysage renaissant. Parfois, de la fenêtre, Lucie nous adressait un signe.

Je me plaisais à rendre visite aux écuries, à caresser et flatter les chevaux. Du velours des naseaux au lisse de l'encolure, ma main passait et je lisais du plaisir dans les grands yeux reconnaissants. Tout semblait m'arracher à ma vieille compagne solitude.

Une après-midi, un orage de septembre nous chassa du jardin. D'un mouvement naturel, John me prit la main et m'entraîna dans une course joyeuse vers un hangar. J'éprouvai alors l'impression d'être un enfant protégé par son père, une sorte de plaisir que suivrait un trouble presque douloureux. Surpris par mon air, John me demanda si je me sentais bien.

Suivirent d'autres journées pluvieuses avant la venue d'une belle arrière-saison. J'aidai John à construire des rayonnages, classer les livres, pour la plupart des relations de voyages, des monographies équines, des livres d'art. Astiquer les reliures de cuir, recouvrir les brochures de papier cristal, feuilleter, lire : des heures agréables.

Je m'attachais trop à John. Las de ma tartuferie, je devais lui apprendre que notre rencontre n'était pas fortuite. La franchise aussi est une arme. Il me comprendrait, me répondrait, me divulguerait la vérité. Ce moment-là, je ne cessais de le repousser tant je craignais la rupture, la fin d'une liesse quotidienne, d'un parfait accord.

J'évoque ici les instants d'une séparation. Des ouvriers œuvrant à la réfection du rez-de-chaussée, John m'invite à découvrir son bureau. Un tel lieu, dans cette noble bâtisse, me surprend. Ici, les meubles sont en verre, en acier, sans chaleur. Ils supportent fax, Minitel, photocopieuse et autres robots. John le centaure s'éloigne. Devant ma stupéfaction, il dit : « Je savais bien que vous étiez anachronique ! » Je proteste.

L'échiquier est placé sur une table de verre. La partie s'engage. Parce que je suis dans un univers contraignant, je sais que je vais perdre. Je suis en exil, il me manque la présence vivante du bois.

Un des appareils nous arrache au jeu. Tel un intrus, le fax jette un appel qui débouche sur le feuillet d'un message. « Il se réveille, celui-là ! » dit John. Il prend connaissance des lignes manuscrites, me regarde avec inquiétude comme si j'étais responsable de cette arrivée. Son feuillet au bout des doigts, il monte chez Lucie où il s'attarde.

A son retour, il déclare ne pas se sentir en état de poursuivre la partie. Je demande : « Mauvaise nouvelle ? » Après un silence, il répond : « Mauvaise et bonne à la fois. » Sans plus.

Je prends prétexte d'un achat à effectuer

avant la fermeture d'une boutique pour le quitter. Il m'accompagne jusqu'au portail. Je lui précise que s'il a besoin de ma présence je reste à sa disposition. Il sourit, me tape sur l'épaule, me serre les mains et m'assure qu'il ne tardera pas à me donner de ses nouvelles.

J'étalais de la confiture d'oranges amères sur une tartine beurrée quand, par la fenêtre de l'auberge, je vis arriver une Ford noire qui s'arrêta sur le seuil. John en descendit. Habillé en tenue de ville, trench-coat et chapeau, il avait de l'allure.

Il prit du café en face de moi, mordit dans un croissant et me sourit, le visage serein. Il se rendait à Roissy où il prendrait l'avion pour Rio de Janeiro. « Il s'agit de ma fille ! » me confia-t-il. Sa fille ! Il ne m'en avait jamais parlé. Avait-il d'autres enfants ? Non, une unique fille. Et qui lui en faisait « voir de toutes les couleurs ». Sa fille ! Une voix me dictait « Une sœur, une demi-sœur ?... »

« Un mariage en mauvais état... », dit John. Sa fille avait épousé un riche Brésilien. L'information du fax : le déchirement du couple, des drames, Léda (son prénom) vivait à l'hôtel. Son écriture traduisait un état mental déficient. Ses mots étaient un appel à l'aide. John me dit que s'il ne parvenait pas à « recoller les morceaux », il ramènerait sa fille en France, ce qui ne serait guère facile, la personne, sujette à des coups de tête, d'esprit aventureux, de caractère difficile, étant une rebelle.

Sans s'étendre sur ce sujet familial, John me rappela ma promesse d'aide. Si Lucie, en dépit de son handicap, était habituée à vivre indépendante, en la circonstance, il serait heureux que je n'oublie pas le chemin de sa demeure. Une visite à Lucie, chaque après-midi, lui ferait oublier ses soucis, notre terrain d'entente étant la musique. Le hautbois, le piano... n'était-ce pas une bonne idée ?

Mon ami pouvait compter sur moi. Du bout de la cuillère, il ramassa le sucre au fond de sa tasse et le regarda, pensif, avant de le sucer avec gourmandise. Il se leva, me broya la main. Il serait bientôt de retour, seul ou accompagné. Après tout, Rio n'est qu'à une douzaine d'heures de Paris. « A bientôt, mon ami ! » dit-il.

Sept

Me rendre à « La Jument noire » en l'absence de John ne m'enthousiasmait pas. L'espion consolateur... Et si je trouvais mon fil d'Ariane ? N'allais-je pas me ridiculiser en jouant du hautbois ?

Les relations avec John étaient aisées. Habitué aux contacts humains, il offrait sa cordialité sans réserve. Quelle part de lui-même dissimulait-il ? Son nom anglais lui donnait peut-être ces manières britanniques, cette conduite civilisée. Presque trente ans, le temps de ma vie, s'étaient écoulés depuis ses relations (lesquelles ?) avec ma mère. Ce souvenir restait-il dans sa mémoire, et quel était-il ? Après son départ, je pensai à Vevey, à ma chambre désertée depuis si longtemps, au lac. Je ressentis de la nostalgie. Je téléphonai à l'éditeur de mes jeux. Bien que mon compte fût à sec, il me consentit une avance. Après quoi, j'appelai la Villa. A ma surprise, j'eus ma mère au bout du fil. Sa parole lente, sa voix sourde et brisée me surprirent. Elle observa avec véhémence que mon domicile était en Suisse, à Vevey, que j'avais perdu trop de temps à courir les routes. Je devais m'aviser que j'étais un adulte (ne craignait-elle plus de se vieillir ?), que des responsabilités m'incombaient... Ce ton nouveau, sais-je pourquoi ? ne me déplaisait pas. Je répondis en mettant une charge d'ironie dans mes cartouches : que ma mère se rassure, elle fêterait bientôt le retour de l'enfant prodigue. Je me trouvais quelque part en France. Je ne rentrerais qu'après le règlement de quelques affaires. Elle mit fin à la conversation. J'entendis avec stupéfaction : « Prends soin de toi. Je t'embrasse. » Je ne répondis pas. Avais-je bien perçu ses paroles ? Ou s'adressait-elle à quelqu'un d'autre ?

Pour échapper aux mystères, j'assistai à un repas collectif, préliminaire à un chapitre des goûteurs de boudin, dont je savourai diverses préparations en buvant plus que de raison. Je rendis visite à ma jeune centenaire, puis je fis prendre l'air à la motocyclette. Pour répondre à la fraîcheur d'octobre, j'achetai un pantalon de velours et un pull-over. Tout cela avait pour but de retarder ma visite à Lucie Edwards. Elle eut lieu deux jours après le départ de son mari.

A « La Jument noire », je me fis annoncer par la servante, puis je montai à l'étage. Lucie Edwards, dans son fauteuil roulant, me fit face. Son véhicule faillit me heurter puis elle le dirigea au long d'un couloir avant de revenir, un châle mauve jeté sur ses épaules.

Elle parut étonnée de me voir, regarda l'étui de mon hautbois, leva un sourcil. Ah oui ! ce hautbois... j'avais mis du temps à me décider. Pour clarifier nos relations, elle tenait à me dire ce qu'elle pensait de moi. Je fus « cueilli à froid » comme un boxeur. Ne me souvenant pas de tous ses propos, je tente de les résumer.

J'étais courtois sans empressement, bon joueur et mauvais comédien. Un trop-plein d'orgueil et un manque de confiance en moi. Ma réserve tenait d'un état d'esprit morbide dont j'étais l'esclave. Les « nombrilistes » ne lui avaient jamais été sympathiques. « Cela dit, ajouta-t-elle, soyez le bienvenu ! » Puis elle m'engagea à quitter ce « ridicule imperméable » et à extraire mon « outil » de sa boîte.

Je ne répondis pas tout de suite à son désir. Je pouvais, comme elle, me montrer désagréable. Je suggérai qu'elle avait beau jeu de porter un jugement abrupt, ce en quoi je ne pouvais l'imiter, par simple respect. Nous pouvions, si elle le désirait, nous en tenir là. J'oublierais ses rigueurs.

Elle approuva de la tête comme si telle réplique était souhaitée. Radoucie, elle me confia son plaisir : je distrayais son mari ; elle-même détestait les jeux, qui sont une perte de temps. Elle me demanda pourquoi je recherchais la compagnie de gens hors de mon âge. Ma réponse fut simple : je n'avais jamais rencontré une personne d'esprit plus jeune que John Edwards, seulement des gens aussi vieux que moi. Nouveau signe d'approbation. Que dit-elle encore ? Elle ne souhaitait pas être l'objet d'une bonne action ; je répondis que je n'avais jamais été scout. Elle se passait fort bien d'autrui. Si Dieu avait créé l'homme avec des roues en place de jambes, nous ne nous en porterions pas plus mal. Je lui fis savoir que je n'étais pas la « belle âme » qu'elle croyait. De plus, je n'avais guère appris à me conduire en société.

Elle se moqua de moi. Voilà que je « croassais », ce qu'elle préférait à mes « intonations de ténor d'opérette ». Le piano et le hautbois allaient-ils se détester ? J'entendis : « La musique adoucit les mœurs... Quel imbécile a émis cette sottise ? » Elle reprit son sérieux. Maintenant que, grâce à ses sarcasmes, mon sang circulait plus vite, elle désirait constater ce que je pouvais tirer d'un instrument de musique. Je sortis le hautbois de son étui.

Je jouai pour moi plus que pour elle un menuet champêtre, facile, dont je me savais bon exécutant. Des graves puissants aux aigus ténus, je me donnai du plaisir, en ajoutant des trilles et des traits. Je regardais Lucie de côté, ravi de son étonnement. Je prolongeai le morceau par quelques reprises, puis m'arrêtai, satisfait de moi. Je m'inclinai devant mon auditrice comme pour répondre à un applaudissement.

Les yeux fermés, les doigts croisés, Lucie Edwards restait silencieuse. J'attendis, mon instrument en main, comme si elle allait bisser mon exécution. Elle leva les paupières et me foudroya d'un verdict inattendu : comment pouvait-on à ce point insulter la musique ? Je jouais mal, sans rien de vrai, comme si je tournais la manivelle d'un orgue de Barbarie, mon jeu restait mécanique, insensible, je faisais le malin, il était étonnant que la musique y résistât — et, puis non, non et non, elle n'y résistait pas ! j'étais une machine, sans plus. « Et ne me dites pas que vous n'êtes qu'un amateur ! » — et j'appris que je ne manquais pas de prétention.

Comme je restais interdit, elle ajouta : « Montrez-moi votre truc, le tisonnier que vous tenez à la main ! » Voilà qu'elle s'en prenait à mon cher hautbois, mon vieux compagnon ! Elle le palpa comme une chose répugnante. Cet instrument ne valait rien. Je devais être avare. Elle stigmatisa la mauvaise qualité du bois, le piètre ajustement des pièces, les déficiences de l'anche, le manque de suraigu du *fa*, que sais-je encore ! De plus, j'ignorais le velouté des sons. Je devais être plus doué pour le clairon ou la trompette de cavalerie...

Je m'indignai. Ce hautbois, je lui devais de belles heures, mon professeur ne lui avait pas trouvé ces défauts... Elle agita son index comme pour me promettre un châtiment. De la fenêtre, elle héla le jardinier : « Trop de fleurs jaunes ! » Elle agita une clochette et demanda du chocolat et de la tarte. Elle jeta le châle mauve loin devant elle et je dus le ramasser. Je l'aidai à débarrasser le guéridon. Je remis en place l'instrument bafoué.

La tarte aux poires était succulente, le chocolat onctueux et parfumé. Ce sucre dut adoucir Lucie car elle devint aimable. Elle ne me confia rien de ses soucis familiaux, en vint à me parler d'un séjour à la Villa Médicis et de Jacques Ibert. Son évocation me ramena sur les lieux où des jeunes filles m'avaient appris qu'à défaut de plaire je pouvais ne pas déplaire. Et cela par la grâce de mes cheveux longs, d'une barbe dissimulant les angles de mon visage et cette pomme d'Adam saillante.

Aussi gourmands l'un que l'autre, nous fîmes un sort à la tarte. Cette colère, une méthode de pédagogie musicale ? Que penser ? Plus tard, elle fouilla parmi ses partitions et me tendit l'une d'elles : « Vous allez étudier cela, ordonna-t-elle, venez quand vous serez prêt, le plus tôt possible. » J'appris que je devais travailler, travailler, toute la nuit au besoin, et inutile que j'objecte quoi que ce soit. La musique n'a que faire de la paresse. Elle ferait de moi un interprète passable. Quant à ce misérable hautbois, on s'en contenterait. Peut-être le piano l'accepterait-il — elle m'accompagnerait. Ciel ! John viendrait-il bientôt à mon secours ?

Pour faire une sortie honorable, je remerciai du chocolat, de la tarte et de la mercuriale. Comme elle ne répondait pas, décontenancé, je trébuchai sur la marche de l'escalier et dus me retenir à la rampe. Je ne m'étais jamais senti ridicule à ce degré.

Ruminant ma colère, je passai mes nerfs sur la motocyclette, roulant à grande vitesse. Le soir, dans ma chambre, je lus la partition : *Trois Romances pour piano et hautbois* de Robert Schumann offertes à Clara pour le Noël de 1849. Je connaissais cette musique d'un compositeur qui est, avec Schubert, mon préféré parmi les romantiques. Sentimental et grave, contemplatif et ingénu, je le crois supérieur à Chopin ou Mendelssohn. Le choix de Lucie était bon. Je me surpris à exécuter le morceau avec du plaisir. Cela posé, je rapporterais la partition à Lucie en lui avouant mon incapacité de le jouer.

Le lendemain, je m'enfonçai dans le crachin pour me rendre à « La Jument noire ». Dès mon arrivée chez Lucie, je lui débitai les phrases préparées. Elle ne parut pas les entendre.

Avais-je travaillé ? Jour d'arc-en-ciel sans doute, elle me sourit. Non, elle ne tenait pas à m'obliger à jouer et comprenait ma réserve, mais n'était-il pas curieux que, si telle était ma décision, mon instrument m'accompagnât ? Je pris prétexte d'un geste machinal.

Je lui tendis la partition qu'elle plaça sur un support. Elle commença à jouer, s'arrêtant pour me décrire un mouvement, établissant une comparaison avec une œuvre de Bach ou de Beethoven, affirmant que Schumann était grand dans ce qu'il appelait ses « bagatelles ». A la fin de sa vie, le musicien connut la peur d'être gagné par la folie. « Avez-vous jamais ressenti cela ? » me demanda-t-elle.

Dehors, la pluie tombait, fine, oblique, frappant les carreaux par brusques rafales. La lumière était faible. Lucie me pria d'allumer deux lampes. Ce salon me fit penser à une cabine de navire, en mer, par gros temps. J'entendais les notes du piano, distillation subtile, je voyais le corps massif de cette femme enveloppée dans son châle mauve et toute à son art.

L'homme de raison et de mathématiques, le joueur d'échecs et l'inventeur de jeux, qu'en avais-je fait ? Que se passa-t-il ? Je me sentis comme un naufragé qui appelle une main secourable. Je ne sais par quel miracle, je me retrouvai mon hautbois à la bouche. Et je jouais, moi, l'amateur, en duo avec une virtuose, la première des romances. Près de Lucie, les yeux fixés sur la partition, je nouais ce dialogue. Malgré mes erreurs, nous continuions. A peine me jetait-elle un regard de côté, à peine un reproche. Peu à peu, je me détendis, je m'enhardis. Les premiers pas de l'enfant avaient été les plus difficiles. Maintenant, j'étais dans ma chambre, à Vevey, j'accompagnais un enregistrement, sans personne pour me tancer d'une mauvaise exécution.

« Cela aurait pu être pire ! » déclara Lucie. Les critiques, elle se les adressait à elle-même autant qu'à moi : « Bah ! nous nous améliorerons... » Notre union dans la musique se poursuivit jusqu'à la tombée du jour. Des arrêts, des reprises et Lucie paraissait heureuse, son regard offrait de la reconnaissance. Hier insultante, aujourd'hui prête à m'embrasser, les caractères féminins échappent à ma compréhension. Je ne suis pas assez psychologue pour pénétrer dans ce domaine étrange, surtout quand il se double de sensibilité artistique.

Les choses se répétèrent. Comme pour le jeu d'échecs avec John, je revins chaque jour à « La Jument noire » pour célébrer les noces du piano et du hautbois. A mon arrivée, je vagabondais, m'entretenais avec le personnel, rendais visite aux chevaux. Quand la clochette de Lucie retentissait, je quittais le jardinier ou la servante et montais l'escalier.

Aux *Romances* de Schumann succéda une œuvre tardive de Saint-Saëns, cette *Sonate* opus 166 où, là encore, le hautbois répond au piano. Allais-je parcourir tout le répertoire ? J'y prenais plaisir tout en éprouvant l'impression d'être prisonnier d'une promesse. J'aurais dû me trouver honoré de l'attention d'une artiste. Croyait-elle que le hautbois, simple plaisir d'amateur, tînt tant de place dans ma vie ?

L'humeur de Lucie ne restait pas toujours au beau fixe. Si je demandais un répit, elle découvrait un prétexte à bougonnements. M'imaginais-je avoir fait sa conquête ? Elle gardait son opinion sur moi. Mon humeur égale ne cachait-elle pas de l'hypocrisie ? Incapable de faire quoi que ce soit d'utile, étais-je si fier de moi ? Sans transition, avec inconséquence, elle me faisait l'éloge de l'inutilité. Les bonnes choses de la vie naissaient de cette inutilité. Quant à la technique, seuls pensaient à sa primauté les imbéciles esclaves de ne savoir s'en passer. Et pas seulement ceux-là : John par exemple. Elle était l'ennemie de la télévision comme on est antimilitariste car cet instrument, disait-elle, oblige tout le monde à marcher du même pas.

Elle se riait du mariage entre les arts, cette invention de poètes à la recherche d'un emploi. Les neuf Muses ? Des harpies qui se détestaient. Surtout que je ne lui montre pas mes aquarelles supposées être d'une parfaite banalité ! Elle affirmait encore détester les amateurs et sans transition déclarait qu'un artiste doit se défier de devenir un professionnel.

Et mes tantes ? (celles que j'avais inventées) avais-je de leurs nouvelles ? Tantôt, elle les imaginait soulagées par mon éloignement, tantôt attristées de mon abandon. Je lui démontrai ses paradoxes. Elle railla : « Oui, je sais, mon ami, pour vous deux et deux font quatre. Continuez ainsi, je vous promets un bel avenir... » J'appris encore que je ne distinguais qu'une seule chose dans la *Vénus de Milo :* elle était sans bras et en marbre. J'étais le champion des idées reçues, à moi seul Bouvard et Pécuchet.

Pour atténuer la défaite, il suffisait de se taire, de sourire, de sembler apprécier la valeur du mot ou de proposer : « Et si nous reprenions ce passage ? » Elle jetait un regard étonné vers le clavier qui la métamorphoserait en ange musicien.

Parfois, je parlais de John. Elle l'évoquait d'une voix changée, émue, une voix de jeune fille amoureuse. Les années avaient fortifié cet amour. Pourtant, au Ritz, certains soirs, ne s'était-il pas glissé, furtif comme un rat d'hôtel, dans la chambre d'une autre ?

Nous sommes comparables, Lucie et moi, à deux amants qui se chamaillent et que seul le lit peut réunir — pour nous, le chaste lit de la musique.

Les rigueurs de la dame allèrent decrescendo. Elle eut le bon goût de ne point faire allusion à mon physique. Par bonne éducation ou parce que la critique était trop aisée ? Je jugeai que, indifférente, ma laideur ne lui importait pas — à moins qu'elle ne fût mieux cachée que je ne le croyais.

Se pouvait-il qu'un plaisir devînt contrainte ? Mécontente de *nos* interprétations (en fait de mon manque d'art), elle proposa de quitter Saint-Saëns pour un nouveau programme fondé sur des compositions faciles : plusieurs œuvres de René Berthelot, puis *Andante et rigaudon* de Marc Berthomieu, une habanera de Maurice Ravel. Tentais-je de demander grâce, Lucie haussait les épaules et disait : « Je ne vous crois pas. » Allais-je détester mon hautbois ? Peut-on être musicien malgré soi ? Ce rejet, dès que j'entrais dans le jeu, je l'oubliais sans parvenir à mesurer ma chance : jamais je n'aurais pu avoir meilleures leçons et meilleure partenaire. Il arrivait qu'une œuvre tentée fût abandonnée : je n'étais pas assez fort. Je parvins au passable avec des sonates d'Hindemith et de Dutilleux, à l'acceptable avec *Neumes* de Maurice Ohana et *Escales* de Jacques Ibert. Lucie observa que j'étais l'être absurde par excellence : je dérapais dans des morceaux faciles et voilà que, sans raison, je triomphais des difficultés. Nous nous fixâmes sur des *Soliloques* de Pierre Métral.

Maudirais-je les compositeurs d'avoir tant œuvré pour piano et hautbois ? Lucie n'imaginait pas qu'on pût pratiquer la musique sans aspirer à la perfection. Elle croyait que je lui avais voué ma vie, qu'elle représentait mon avenir, et que je prenais des distances par pure coquetterie. En fait, mes impressions n'étaient pas fixes : il me semblait qu'à la fois j'aimais et n'aimais pas. En était-il ainsi de tous mes sentiments ?

Dans mes rêveries, je tentai d'oublier le John Edwards du passé. Celui d'aujourd'hui, en proie aux soucis causés par sa fille *sans doute* unique (ma situation peut prêter à ironie), se manifesta. Lucie me confia qu'il parcourait les Amériques. La « folle de fille » qui fuyait son mari l'avait entraîné de Rio à São Paulo, et voilà qu'ils se trouvaient au Venezuela où ils prenaient des vacances. Lucie soupirait. Cette fille était la fausse note du concert.

Le sort voulut, sous une forme banale, que s'interrompissent durant une semaine nos après-midi musicales. L'hiver apportait ses rigueurs. Le parc de Vevey était-il sous la neige ? Tombait-elle sur le lac pour s'y éteindre ? Ma mère la regardait-elle ? A moi pensait-on parfois ? Ici, froid sec, ciel dégagé, silence après la musique. Moi, marmotte, moi, en hibernation.

Huit

Si la nature me refusa bien des faveurs, je reçus celle d'une excellente santé. Aucune maladie ne m'avait assailli. Cette fois, je n'échappai pas à la grippe. J'engageai la lutte contre un microbe inconnu avec la seule aide de la bonne fée Aspirine.

Je fis téléphoner à Lucie pour lui signaler mon indisponibilité. Je ne crois pas que la laideur soit contagieuse, encore que je n'en sois pas assuré. Pour la grippe, je désirais la garder pour moi. Le hautbois délaissé, j'eus la compagnie de livres : une relation de voyage au Pérou, un essai sur les mécènes et les peintres de la période baroque italienne, des policiers de Chase qui avait été, comme Simenon, mon voisin de Suisse, à quoi j'ajoutai un jeu de cartes pour les réussites.

Je gardai la chambre durant quatre jours. Je reçus la visite d'un médecin dépêché par Lucie. Extrême délicatesse ou regret de mes visites interrompues ? Des antibiotiques vinrent à bout de mes ennuis tout en me laissant en état de fatigue. Quel agacement ! Voilà que ce vilain corps se montrait destructible comme cet épouvantail soumis dans le champ aux intempéries. Je pensai à l'éternelle jeunesse de ma mère.

Une après-midi, je descendis au bar pour siroter un grog ou un whisky. Je fais part ici d'un incident. A cette heure creuse, la salle déserte, je regardais le barman astiquant son comptoir. Nous échangions de temps à autre quelques mots.

L'apparition dans cette île d'un troisième personnage nous fit lever la tête. Il s'agissait d'une jeune fille ou d'une jeune femme. Un long imperméable lui battait les chevilles. Elle était coiffée d'une large casquette dont la visière tombait sur ses yeux et chaussée de baskets. Elle traversa la salle comme une somnambule et chercha une place en bousculant les chaises. Elle secoua sa casquette mouillée et la jeta sur une banquette, mit beaucoup de temps à se défaire de l'imperméable avec des gestes maladroits. Lorsqu'elle s'assit, je fus surpris que, si jeune, elle eût des cheveux tout blancs. Ils étaient coupés court et coiffés à la garçonne. La tête levée, ses cils battirent comme ceux d'une poupée animée. D'une voix sans timbre, elle commanda un Jack Daniel's double.

Elle était vêtue d'une étrange robe en tissu de sac, ample et serrée au cou par un cordon. Des haillons d'épouvantail ou l'œuvre originale d'un couturier avant-gardiste. Tandis qu'elle buvait, grimaçante, tenant à deux mains son verre telle une bouée, je l'observai. Ses yeux couleur noisette et or étaient cernés d'ombres. Livide, sans maquillage, le front large et bombé, le bas du visage étroit, presque triangulaire, le nez délicat, les narines et les oreilles ciselées, elle aurait pu être belle. Elle n'était que pitoyable. Elle fit renouveler sa consommation, fouilla dans les poches de son imperméable pour en extraire un paquet de Players et une grosse boîte d'allumettes de campagne. Pour diriger la flamme, sa main trembla. Elle contempla le fond de son verre comme s'il était un aquarium. Elle n'était là pour personne, à peine pour elle-même.

A mon intention, le barman fit tourner sa main fermée devant son nez pour m'indiquer l'état d'ivresse de sa cliente. Il posa son index contre sa tempe : en plus, elle était folle. Enfin, il renifla pour signifier qu'elle se droguait. Beaucoup de tares à la fois. Il oubliait le principal : elle était malheureuse. Je replongeai dans mon livre sans le lire.

L'accusée réclama un troisième verre qui lui fut refusé. Elle avait assez bu. Qu'elle rentre chez elle ! Le garçon la toisa avec dégoût. Je devinai ses pensées : on voit du drôle de monde, à Mortagne, pensez donc ! La jeune femme frappa la table de son verre. Je m'attendais à un incident plus grave qui n'eut pas lieu. Elle jeta un billet froissé sur la table sans attendre sa monnaie. Elle enfila l'imperméable, posa sa casquette de travers sur sa tête, tenta de l'équilibrer. J'eus une révélation : cette casquette, je la connaissais, je l'avais vue sur la tête de John Edwards. Je sus qui était cette personne titubante : la fille de John et de Lucie, leur « folle de fille ».

Pourquoi fus-je à ce point bouleversé ? Je pensais : « leur fille » et une voix me dictait : « ma sœur ». Non, cela aurait été trop fou. J'éloignai cette intrigue de feuilleton, je n'avais rien de commun avec cette désaxée.

Par amitié pour John et Lucie, je nouai mon

cache-nez et sortis derrière elle. « Vous allez attraper la mort ! » me prévint le barman. Il me dit cela comme si la mort était personnifiée par ce spectre qui fuyait devant moi sous la pluie. Que faire pour elle, ou plutôt pour ses parents ?

Elle marchait en direction de « La Jument noire ». Je lui proposai : « Puis-je vous aider ? » Je répétai ma phrase en ajoutant que je connaissais son père. Elle tendit ses mains devant elle comme pour repousser un mur. Les yeux fixes, les lèvres écartées sur des dents de carnassier, elle émit des phrases inaudibles sur un ton traînard et plaintif avec de brusques accélérations exacerbées. Comme je tentais de lui prendre le bras, elle recula et prononça nettement : « Va-t'en ! Va-t'en ! Je ne veux plus de toi ! » et soudain, elle me gifla à toute volée, une gifle retentissante, assenée avec une force de lutteur. Je fis un effort pour maîtriser ma colère. Je la vis s'éloigner en courant.

Cette forme élancée, fragile, barque en perdition dans la tempête... Ma joue rouge qui devait porter la trace de ses doigts... Un ciel qui ne cessait de pleurer... Je courus jusqu'au refuge de l'hôtel, saisit le combiné du téléphone. Je pus joindre John Edwards. Coupant court aux amabilités, je lui expliquai la situation de sa fille reconnue grâce à la casquette. « Elle adore me chiper mes affaires ! » dit John. Je répétai qu'elle était malade car je n'osais dire : ivre. « Je vois, elle boit beaucoup trop ! » déclara-t-il sans que je distingue la moindre inquiétude. Il partait à sa rencontre. Il avait l'habitude. Cela avait été pire. Elle avait besoin de soins. Il me téléphonerait sous peu.

Le surlendemain, nous déjeunions, John Edwards et moi, dans un restaurant, à Bellême, où nous nous étions rendus grâce à ma motocyclette. Un aimable soleil d'hiver nous réjouissait. La cuisine bourgeoise répondait à notre appétit. Deux amis séparés se retrouvaient.

« Quelle aventure ! » me dit-il. Désireux de se confier, il me traça un portrait de sa fille Léda (je revis les cygnes du lac Léman), fort belle mais d'un caractère entier et rebelle. Fuyant les études, s'instruisant à sa manière, par certains endroits elle était ignorante, par d'autres son savoir étonnait, ainsi la zoologie, la botanique, la gemmologie et, inattendu, le calcul mental. Elle pratiquait l'art de placer ses interlocuteurs dans des situations fausses, de les amener, par des raisonnements spécieux, a se perdre dans ses labyrinthes. En cela, elle faisait preuve d'une stratégie qui emprisonnait, amenait à demander grâce. En dépit de ces particularités, John me dit qu'elle avait été la plus gracieuse des enfants, la plus charmante des jeunes filles. J'aurais pu ajouter qu'elle avait la main leste et la gifle facile.

Avant d'en revenir à cette Léda, il me confia que sa femme avait apprécié mes visites, qu'elle ne me trouvait pas mauvais hautboïste dès lors que je m'abandonnais à la musique. Il me remercia, souhaita que mon séjour fût prolongé, ce en quoi je ne pris pas d'engagement. Puis il me traça un tableau des jours de sa fille au Brésil où elle avait épousé un nommé João-quelque-chose. John et Lucie avaient souffert de l'éloignement. Seul importait le bonheur de leur fille.

C'était compter sans l'intransigeance de cette dernière. En moins de deux ans, le mariage se défit. Le merveilleux João-quelque-chose était devenu cet « infect politicard », ce « corrompu », ce « profiteur ». Elle ne voulait plus jouir d'une existence dorée par les narco-dollars. Sa révolte avait résonné si fort que les ennemis de son mari y avaient trouvé des armes. Elle était partie, l'homme l'avait fait rechercher par la police. Retrouvée dans un quartier perdu où elle s'était placée dans une situation difficile, elle fut enfermée dans une maison de santé d'où elle s'échappa. A bout de ressources, elle avait lancé un appel à son père.

John évoqua sans trop d'émotion ces jours de crise. Le temps, ce guérisseur, cicatrisait toute plaie. Pour parer au plus pressé, après la récente crise éthylique, il avait confié Léda à un de ses amis qui dirigeait une maison de repos dans la banlieue parisienne.

Sans transition, John privilégia la bonne humeur. La promenade à moto l'avait réjoui. Fallait-il qu'il fût solide, cet engin, pour le porter ; un vrai percheron ! Le vin aidant, il me conta des anecdotes touchant à sa vie professionnelle, décrivit des originaux, des excentriques, des gens de belle personnalité ou d'odieux personnages. Il avait dû jouer maintes fois de diplomatie là où un coup de pied au derrière se fût imposé. Dans cette galerie, je ne trouvai pas le portrait de ma mère.

J'avais regardé mon ami détacher l'arête de sa truite avec art et patience. Ainsi procédait-il avec son insupportable fille. Pour ma part, j'éviterais tout contact avec cette folle. D'ailleurs, je retournerais bientôt en Suisse, ne gardant en mémoire que les aspects heureux de mon séjour dans le Perche.

Je pensais à cette Léda. Son caractère la séparait du monde tout comme la laideur l'avait fait pour moi. Jamais je n'avais extériorisé une telle révolte. Le devais-je à mon tempérament renfermé, à ce calme conquis, à cette éducation de l'indifférence ? J'ignorais même si je haïssais ma mère. Auprès de Lucie Edwards parfois orageuse comme sa fille, de John si solide, je me sentais dénué de personnalité. Léda, ce prénom ! Léda, ma demi-sœur ? L'envisager me parut un sommet d'absurdité. Je ne ressemblais en rien aux gens de cette famille. Tous mes soupçons expiraient.

Durant la partie d'échecs, le piano de Lucie nous accompagnait. Tandis que Chopin coulait doucement, je déplaçai un pion. John s'avoua vaincu. Nous montâmes à l'étage. A la demande de la pianiste, j'avais apporté mon hautbois. Nous jouâmes pour John une de nos romances favorites. Il nous regarda, nous écouta avec satisfaction.

Le personnel domestique s'intéressait-il à la musique ? J'aperçus, durant l'exécution, une tête en haut de l'escalier, mais ce ne fut qu'une courte apparition. Lucie joua seule. Comme nous étions bien ! La perfection de nos rapports rendait la séparation difficile. John prit une décision. Après les moments de la musique, il revint à la réalité, s'exclamant : « Que diriez-vous d'une bonne omelette au lard ? » Cette incongruité nous fit éclater de rire. Nous avions tenté de l'entraîner vers un monde idéal et il nous parlait d'omelette au lard !

Il descendit à l'office. Cette omelette, il la préparerait. Comme il ne manquait que les œufs, je proposai d'en acheter. Il m'indiqua le chemin d'une ferme proche. Dans le pré voisin, je rendis visite aux chevaux. Je pris mon temps. Cela permettrait à John de porter Lucie au rez-de-chaussée sans la gêne de mon regard. Au retour, j'entrai dans la cuisine et posai les œufs sur une maie. Je vis une autre porte s'ouvrir, se refermer sur une forme en jeans qui semblait me fuir. Etais-je si effrayant ?

Je voudrais trouver les phrases qui mettent en appétit, faire écouter le chant des lardons dans la poêle, le battement des œufs dans une jatte, les musiques de vaisselle. « A table à table ! » appela John. Je savais que l'omelette serait à sa dimension : énorme. Quel chef-d'œuvre cette omelette de douze œufs, roulée et baveuse, jaune et doré ! « C'est-y pas une belle omelette ? » demanda John en prenant un accent campagnard.

Lucie, installée au bout de la table dans un fauteuil d'osier, paraissait étonnée de sa propre présence. L'onctuosité des œufs, le doux craquant des lardons, la fraîcheur du cidre — un dîner à la ferme ! Nous en jouissions quand arriva la surprise.

Entra dans la salle, une assiette, un verre et des couverts en main, l'inattendue fille de la maison que je faillis ne pas reconnaître. C'était bien Léda, le teint clair, les lèvres roses, les yeux brillants sous son étonnante coiffure blanche. Sa bouche offrait un sourire, ses yeux un défi. Elle se plaça près de son père et jeta : « Et merde ! j'avais trop faim... » Flegmatique, John prit l'assiette de sa fille, la garnit d'une bonne portion d'omelette au lard et lui servit du cidre. Dans le silence, nous la regardâmes dévorer, gloutonne, peu soucieuse de notre présence. Cette tête apparue en haut de l'escalier, cette forme quittant la cuisine, c'était donc elle. En jeans, chaussée de bottes, elle portait un épais chandail à col roulé dont elle avait retroussé les manches. Elle me parut plus normale que lors de notre orageuse rencontre. En tout cas, elle ne manquait pas d'appétit. John la resservit et déboucha une deuxième bouteille de cidre. Léda répéta : « J'avais vraiment trop faim ! »

Dans ces retrouvailles, étant de trop, je cherchai un prétexte pour mon départ, me levai, annonçai qu'il était temps pour moi de partir. « Non, restez ! » ordonna Léda. Elle ajouta entre deux bouchées : « Vous êtes l'ami-de-la-famille, non ? » Mon absence de réponse l'inspira. J'entendis sur un ton enfantin : « Il est trop mignon, l'ami-de-la-famille ! » J'étais furieux. « Restez donc, vous avez bien le temps ! » me dit John comme s'il désirait repousser le moment d'une explication que sa fille apporta bientôt.

Oui, elle était rentrée. Elle en avait assez de se trouver parmi des « dingues ». Elle nommait ainsi non les patients mais les médecins, les « psy » qu'elle tenait pour des arriérés mentaux contagieux. Elle avait refusé de répondre à des questions stupides. La psychologie de ces « flics du mental » était celle de voyantes de quartier. On lui avait « fait le coup » au Brésil, elle ne se prêterait plus jamais à ces jeux. Oui, quand tout allait mal, elle buvait, elle prenait une « sacrée cuite », et quand tout allait bien, elle « picolait » par plaisir.

Son rejet de la maison de repos lui était bénéfique. Il doit exister des médicaments qui guérissent dès lors qu'on ne les prend pas. La diatribe achevée, John dit comiquement : « Amen ! » Il nous servit du calvados à tous, même à Léda. Lucie prit un air lointain, résigné. Sa fille lui demanda : « Tu vas bien, toi ? » Ce fut sa première manifestation d'intérêt. L'atmosphère se détendit.

Au moment de partir, j'enfilai ma canadienne et pris mon hautbois. Léda se leva, sortit et revint vêtue d'un duffle-coat et d'un béret. Pour s'aérer, elle ferait quelques pas avec l'ami-de-la-famille. Elle en profiterait pour lui « tirer les vers du nez. » Que répondre à cela ?

Je ne suis pas assuré que la narration de certains faits et dialogues ait un rapport direct avec ma tentative de percer des secrets mais il est des moments que je me plais à évoquer en les couchant sur le papier.

Cette marche de nuit aurait été agréable si je m'étais trouvé seul. De loin en loin, les lumières des maisons scintillaient. Des odeurs de feu de bois se répandaient. Les arbres dénudés tendaient leurs bras noirs. Des lacs d'ombre cachaient des mystères. L'obscurité effaçait l'épouvantail dans le champ. Le froid caressait mon visage.

Léda marchait sur ma droite à courte distance. Mains dans les poches, elle sifflotait. Elle m'ignora toute une partie du chemin puis se rapprocha de moi. Elle observa : « Vous portez votre flûte sous le bras comme un pain ! » Je répondis : « Il ne s'agit pas d'une flûte mais d'un hautbois. » Elle sautilla sur place et fit : « Pfft ! Pour moi, c'est la même chose. Je n'y connais rien... » Après un silence, elle reprit ses attaques : « Le petit-suisse est un fromage blanc mou et onctueux. De forme cylindrique, il est entouré d'un papier blanc. On le mange avec du sucre. » Je faillis la traiter de « tête à claques », mais non ! la claque avait été pour moi. Lisait-elle dans mes pensées ? Elle me dit qu'il faudrait bien que nous en parlions. De quoi ? de la gifle. « C'est bien à vous que j'ai flanqué une paire de gifles, non ? » Ma réponse fusa : « Non, une seule, mais qui en valait bien deux ! » Elle me désigna sa joue comme un enfant qui demande un baiser : « Rendez-la-moi ! » Je fis : « Pfft ! j'avais oublié. La rendre ne l'effacerait pas mais la multiplierait. » Cette mathématique la fit rire. « Bon, dit-elle, je me giflerai moi-même. »

A mi-chemin, je lui dis : « Vous devriez rentrer maintenant. » Elle ne me répondit pas. J'entendis : « De quoi se mêle-t-il ? » Sur un ton protecteur, je la complimentai : « Ce béret vous va bien. Il vous donne un air de révolutionnaire cubaine ! » Je fus remis à ma place. Que pouvait-il connaître des révolutionnaires, ce petit « neutre » ? Je pris un ton civilisé : « Pardonnez mon indiscrétion... » Elle singea ma phrase en ajoutant : « Et il fait le bien élevé, ce rustre ! » Aussitôt se déversa un flot de paroles :

« Je ne connais rien à la musique. Je ne sais pas peindre, ni écrire, ni danser, ni chanter, ni coudre, ni cuire un œuf. Je suis grossière. J'aime mentir. Je bois comme un trou. Je déteste travailler. Je suis une empoisonneuse. Mais je marche, je cours, je nage, je mange, je dors, je m'éveille, je respire, je sais faire l'amour. Ça y est : le petit Suisse a rougi... »

Cela faisait beaucoup de « je ». Elle me demanda si je parlais de moi à la troisième personne. Au cours d'échanges d'autres aménités (je ne peux tout relater), elle m'appela « fils à papa », ce qui prêtait à double sens. Je finis par ne plus me contenir et j'adoptai son langage de charretier. Les gros mots ne venaient à ma bouche qu'après un temps de réflexion alors que, pour elle, il s'agissait d'une manière naturelle de s'exprimer.

Arrivés aux premières maisons de Mortagne, sous l'éclairage public, je n'osais plus la regarder. Nous étions en situation de prendre plaisir à nous affronter. Cependant, je ne disais rien de moi. Elle ne me tirait pas « les vers du nez ». Je la provoquais pour ne pas répondre à ses interrogations. Sans la regarder, je sentais sa présence, le volume et les déplacements de son corps. Cette sensation était inédite pour moi, je ne l'avais jamais ressentie, même face à un adversaire au jeu. J'avais hâte de me libérer de cette entrave.

Pour déplacer mes pensées, je tentai d'imaginer ce qui se passait à « La Jument noire ». John avait porté Lucie au premier étage. Elle jouait du piano ou lisait ou dormait. Les domestiques étaient couchés. Dans leurs boxes, les chevaux s'étaient immobilisés. John veillait en attendant le retour de sa fille. Il lui demanderait : « Comment trouves-tu ce garçon ? » Ou peut-être pas. Il lui caresserait la joue, baiserait son front...

Léda me dépassa, se plaça en face de moi comme pour me barrer la route. Son visage en pleine lumière, je reçus l'éclat de sa beauté. Elle eut une moue d'enfant gâtée ou de coquette. Sur ses traits passèrent des expressions diverses. Nous étions devant la porte de mon hôtel où le veilleur de nuit m'attendait. Je dis : « Eh bien, bonne nuit quand même... » Elle continua à me regarder avec des yeux ingénus. Elle s'amusait de ma gêne. Et j'entendis cette phrase absurde, qu'elle prononça en me tutoyant : « Avoue que tu meurs d'envie de m'embrasser ! » Quel toupet ! Ma réponse fut nette : « Non, pas du tout ! » Entré dans le hall de l'hôtel, j'entendais encore son rire impertinent.

Neuf

Sans le savoir, j'approchais d'un dénouement. John me confia que sa fille n'était pas guérie de sa blessure. Le calme campagnard, la nature, le silence de l'hiver se montraient bons médecins. De nouveau, il m'appela à son aide. Bien que suisse, je n'appartenais pas à la Croix-Rouge et ne connaissais rien à la détresse féminine. Je ne lui parlai pas de mon antipathie. Aussi, quand il eut l'idée d'une randonnée à trois en forêt acceptai-je — pour les arbres et lui-même plus que pour sa fille.

Ils furent au rendez-vous de mon hôtel tôt le matin, équipés et chaudement vêtus comme je l'étais. Le torse de John était bardé de courroies de musettes. Il en glissa une à mon épaule. Léda portait sur le dos un sac triangulaire. Une casquette à pont cachait ses cheveux blancs.

Les forêts domaniales du Perche et de la Trappe forment une vaste étendue. Nous prîmes le chemin en silence. Léda marchait comme un vaillant soldat. A l'orée, John désigna un sentier. Il tailla des cannes et nous dit : « En avant, les enfants ! » Oui, sa fille connaissait les noms de tous les arbres, de tous les oiseaux. Je n'avais pas cette science. Tandis que nous marchions de conserve, Léda se tenait à l'écart, caressant les troncs des arbres comme des chats.

La forêt m'inspirait des réflexions ordinaires. Des arbres dénudés, j'imaginais la puissance cachée. Bientôt, la chair jaillirait du squelette. Les corps nus se vêtiraient de leur substance. Les arbres ressentaient les saisons mieux que nous. Le moindre souffle faisait murmurer leur famille. Une dernière feuille morte tombait et rejoignait ses sœurs dans l'humus. Elle nourrirait l'arbre qui la fit naître. Le spectacle nous offrait ses confidences. L'ampleur du temps éternel nous invitait à sa splendeur. Mes problèmes me parurent dérisoires, ma vie plus ouverte.

La lourde musette battait mon flanc. Nous progressions sans hâte. L'heure n'existait plus. De loin en loin, des stérées nous rappelaient la présence humaine. Un léger soleil caressait les herbes. L'argent du gel se défaisait. Parfois Léda disparaissait. John s'étirait, s'ébrouait comme un ours, clignait les yeux vers la lumière comme pour lire un message. Je touchais ma barbe mouillée. J'avais pris du poids et je dus m'arrêter pour reprendre souffle. Rattrapant John, bon marcheur, je me sentais comme un chien qui rejoint son maître. Je devais jouir de ces instants qui ne se renouvelleraient pas. Je pensai au piano, au hautbois. Je murmurai : « La forêt musicale. »

Plus tard, nous nous installâmes sur le tronc d'un chêne décimé. Léda ôta sa casquette, aéra ses cheveux et dit : « Dans la forêt, je voudrais être nue ! » Je fis : « Brrr ! » J'eus droit à un regard navré.

Nous quittâmes cette forêt pour en trouver

une autre. La fatigue multipliait nos haltes. Seule, Léda y paraissait insensible. Peu d'années me séparaient de l'âge de cette gazelle. Elle avait « vécu » plus de choses que moi, son aîné. Mon passé me sembla étale et vide. Dans cette randonnée, tout devenait attrayant, une branche qui craquait, un oiseau qui s'envolait, une pierre qui roulait sous nos pas. John avait prévu un déjeuner dans une clairière. Les éléments du pique-nique étaient surabondants, miches de pain, viandes froides, charcuterie, fromages, vin, calvados. Nous y fîmes honneur. La digestion nous ensommeilla, le vent frais nous tint en éveil.

John proposa : « France, si nous jouions au jeu, comme avant ? » Devant son accord, il inscrivit sur un papier une longue suite de chiffres et de lettres. Léda (ou France ?) en prit connaissance. John me tendit la liste. Léda récita la trentaine de signes avec exactitude. « Qu'en dites-vous ? » demanda John tout fier. Pour relever un défi, je le priai de me dicter une multiplication à plusieurs chiffres. Je lui en donnai la solution. Il vérifia par écrit et jugea : « Presque exact, à un chiffre près ! » Une demi-victoire ! Léda me regarda de côté. Son père s'esclaffa : « Me voilà bien, entre deux ordinateurs !... » Léda haussa les épaules : « Tout le monde peut en faire autant, il suffit de réfléchir. » Je ne partageais pas cette modestie.

Etait-ce absurde ! Durant le chemin du retour, je ne vis plus la nature. Des chiffres plein la tête, je m'exerçais.

Au terme de notre circuit, mes compagnons me laissèrent devant la porte de l'hôtel. Léda me tendit une main sèche dont les doigts ne se replièrent pas sur les miens. John me tapa sur l'épaule, m'appela « vieux frère » et repartit, ses musettes de fantassin à l'épaule.

Epuisé, je gagnai ma chambre et m'allongeai sur le lit avec un livre. Je m'endormis sans m'en apercevoir.

La psychologie n'étant pas mon fort, je me perdis dans ses méandres. Avec Léda, toute relation, fondée sur les mouvements de son humeur, était illogique. Ma seule défense consistait à ne pas tenir compte de ses intempéries et de ses intempérances de langage et à me limiter à une politesse impersonnelle. Je me dis que ces pensées étaient sans objet. Que m'importait ! J'allais quitter ces lieux, ces êtres.

Je rangeais mon linge quand, appelé au téléphone, j'entendis Léda. Sachant que je possédais une motocyclette, elle me priait de la lui prêter. Je m'offris à la conduire où elle le désirerait. Nous prîmes rendez-vous dans la demi-heure près de l'étang. Là, mon bolide ne parut pas l'impressionner. Elle écarta le casque. Nous prîmes la direction d'Alençon. Je proposai d'y déjeuner. Elle refusa, nous nous retrouverions en début d'après-midi. Sans être pressée, elle me reprocha la lenteur de ma conduite. « Et ne me dites pas que votre charge est précieuse. J'ai horreur de ces considérations ! » Ses bras n'entouraient pas ma taille. Elle se tenait penchée en arrière, sans se protéger du vent.

Au centre d'Alençon, elle s'éloigna d'une marche souple. La visite du musée des Beaux-

Arts et de la Dentelle m'aida à tuer le temps. Je me promenai, regardai les vitrines, m'arrêtai dans un café, dans un autre, marchai. Je repris la motocyclette, m'éloignai d'Alençon, revins.

Un bon point : elle fut à l'heure au rendez-vous. Elle déchargea les sacs de ses emplettes dans les sacoches et accepta de prendre une boisson avec moi. Devant un vin chaud à la cannelle, je lui demandai si elle était satisfaite de sa promenade. Elle ne répondit pas. Elle me dit m'avoir rendu service en m'arrachant à mon oisiveté. J'écoutais le son de sa voix. La musique était jolie. Quant aux paroles, je les redoutais. Pourtant, je lui dis que j'aimerais avoir avec elle une conversation sérieuse. Sa réaction fut vive : « Donc, me poser des questions ? » Je dis : « Ou répondre aux vôtres... » Ainsi fis-je naître un instant d'orage : « Des questions, je n'en pose pas. Les hommes, ça questionne tout le temps. Inquisiteurs, bourreaux, ils n'écoutent pas. Ils parlent — et de quoi ? d'eux-mêmes, de leur précieuse personne tout en guettant vos fautes... » Après cette diatribe, je lui assurai qu'elle ne parviendrait pas à m'exaspérer. Elle dit : « Allez ! posez vos questions... »

Je demandai alors : « Votre prénom, c'est Léda ou France ? » Elle sourit et me confia : « Mon prénom, c'est France. Il ne me plaît pas. Vous aimeriez vous appelez Suisse, vous ? » Il fallait y penser. Elle fit des gestes extravagants. Elle quitta sa veste fourrée, remonta son gros pull-over, souleva un tee-shirt sous lequel ses seins étaient nus, des seins bruns d'une beauté ! De l'index, elle me montra une tache de naissance représentant un cygne, d'où son prénom choisi : Léda. « Satisfait ? » demanda-t-elle comme s'il s'agissait de mon regard sur sa poitrine dénudée plutôt que de sa réponse.

Tandis qu'elle se revêtait et que je disais des banalités comme « curieux » et « extraordinaire », elle déclara : « D'autres questions ? Ah oui ! je la pose pour vous et j'y réponds : Pourquoi des cheveux blancs ? » J'appris que cela ne lui était pas arrivé comme dans les mélodrames en une nuit à la suite d'un malheur. Non, ses cheveux étaient bruns. Elle les teignait — « Et pourquoi pas en blanc ? C'est le deuil oriental, et puis c'est ainsi ! Avant j'avais le crâne rasé... »

A son tour, elle questionna. Pourquoi portais-je la barbe ? Je répondis : « Pour cacher ma sale gueule ! »(Oui, j'ai osé le dire.) Elle jugea : « Cette barbe, je suis sûre que vous seriez mieux sans. » Quelle erreur de jugement ! Et voilà que je me faisais traiter de chercheur de compliments. Je savais « m'y prendre ». Etait-elle capable de me parler sans ironie, sans cette fausse sympathie par éclairs ? Cette fille marquée d'un cygne noir (d'un signe noir ?) m'opposait un double barrage : elle me refusait sa découverte, elle détournait mon projet secret, ma recherche.

Elle ne cesserait de me surprendre. En quittant la chaude salle du café, elle enfourcha la moto et, d'un signe du pouce, m'intima de me placer en passager. Comme je protestais, elle railla : « Grosse cylindrée, s'pas ? Pas pour les filles, hein ? » Résigné, je vis qu'elle connaissait le maniement de l'engin aussi bien que moi. Elle me dit qu'elle avait son permis de conduire poids lourds, son brevet de pilote, qu'elle avait fait du vol à voile et du parachutisme.

Je m'attendais à une arrachée et à une envolée furieuses. Pour tout dire, j'avais la frousse. Or, elle mena le monstre sans excès. Je ne savais comment me tenir. Je me serais senti ridicule de lui entourer la taille. Le soleil se préparait au sommeil. Le chemin était argenté. Je sentais le parfum de Léda. Je pensais à ses seins.

Tandis que nous glissions sur la route, des paroles de poète chantaient : *Mon enfant, ma sœur...* Ma sœur... ma sœur ? La machine fit un soubresaut, je plaçai mes mains sur les hanches de Léda. Des ondes me parcoururent : Antée touchant le sol. Bien qu'elle fût au plus haut point insolente, je me sentais rassuré d'être près d'elle. Des sentiments indéfinissables se mêlaient, des pensées hachées emportées par le vent. Ma sœur : ce mot aurait dû réprimer mon élan. Avais-je des pensées incestueuses ? Je prolongeais ces méditations absurdes quand Léda cria : « Accrochez-vous ! » L'engin quitta la route sinueuse pour couper à travers champs. J'entendis des exclamations joyeuses, des cris aigus, ceux d'une enfant lâchée dans la cour de récréation. Elle vira sans douceur avec l'ardeur du casse-cou entraînant dans ses jeux dangereux un compagnon peureux.

Les mottes de terre dure nous faisaient bondir. Je protestai que ce n'était pas le chemin. Mais si, au contraire, c'était un raccourci ! Léda prolongea son plaisir en traçant des cercles concentriques se rapprochant d'un point fixe représenté par cet épouvantail dont j'avais rêvé. Il n'en restait plus que deux branches en croix et des chiffons flottants. Quand nous fûmes au plus près, elle cria : « A l'assaut ! Mort aux épouvantails ! » Elle ralentit et m'ordonna : « Arrachez-le ! » Sans réfléchir, je saisis la plus grosse branche. La moto accéléra, des échardes me blessèrent, l'épouvantail fut mis à bas.

Fallait-il y trouver un signe ? A Vevey, j'avais enterré Polichinelle. Et voilà que je détruisais cet épouvantail. Léda était satisfaite. Je fis entendre un rire forcé.

A « La Jument noire », devant les écuries, un maréchal-ferrant remplaçait les fers du pur-sang. John Edwards bouchonnait la percheronne. J'appris qu'elle attendait un poulain. « Bonne route ? » demanda-t-il. Alors, Léda : « Je lui ai flanqué la pétoche. Il en est tout pâle ! » J'allais répondre quand elle s'écria : « Mais il saigne ! Montrez-moi votre main. Voilà qu'il a des stigmates... » Elle ajouta : « Suivez-moi. Les épouvantails, c'est contagieux. »

Nous nous retrouvâmes dans le cabinet de toilette jouxtant sa chambre. Elle arracha les échardes avec une pince à épiler et fit couler de l'alcool sur les blessures. Je poussai un cri. Elle jeta : « Douillet en plus. Il a vraiment tout pour plaire... » Je dis que je ne cherchais pas à plaire. Elle haussa les épaules et dit : « Mais si ! » Et moi : « Mais si quoi ? » Et elle : « Mais si rien ! » Quelle conversation ! Elle banda ma main d'une épaisse bande là où un sparadrap aurait suffi. J'ajoutai une rosserie : « Merci. Une vraie Nightingale ! »

Je traversai sa chambre sans curiosité mais à

pas précautionneux comme dans un sanctuaire. Léda pouffa de rire : « Il a même peur de ma chambre ! » Quelle peste !

Mes derniers jours à Mortagne, avant le coup de théâtre, se déroulèrent dans une relative harmonie. Nous fîmes d'autres promenades, nous connûmes des moments musicaux, des parties d'échecs, des plaisirs de bouche, des conversations sur la nature.

Léda m'évitait plus qu'elle ne me recherchait. Sans transition, elle me dédiait un sourire puis me faisait visage de bois. Sa dernière trouvaille : elle cultivait des plantes médicinales. Dès lors, en salopette, elle passa son temps à travailler comme une paysanne, et toujours boueuse et tachée de terre.

John organisa une promenade à cheval. Je n'avais jamais monté sinon un cheval à bascule. Mon ami fit le choix des montures : pour Léda le pur-sang, pour lui la percheronne et pour moi la mule ! Elle était, dit Léda, aussi placide que moi. Ce fut une parade de cirque : Léda en écuyère, John énorme sur sa jument énorme, et moi en clown. Les domestiques ne se gênèrent pas pour sourire.

Alors que Léda disparaissait au galop, John s'approcha de moi. Il me confia : « Ma fille va mieux. Elle reprend goût à la vie. » Il ajouta que j'y étais pour beaucoup. Comme je m'étonnais, il ajouta qu'elle avait besoin d'une présence jeune, d'une sorte de grand frère. O ironie !

Léda nous offrit des exemples de sa virtuosité cavalière. Elle proposa que nous changions de monture. Je m'en gardai bien, quitte à susciter un mépris qui aurait été plus grand encore si je m'étais trouvé démonté. Au retour, j'attendis que Léda eût entraîné son cheval vers l'écurie pour descendre de ma monture. Mes reins, mes cuisses étaient douloureux. Je laissai la mule aux soins du palefrenier.

Mes relations avec John avaient été simples. Avec Lucie, elles l'étaient devenues. Nous parlions de musique et de littérature. Elle me fit connaître les poèmes d'Emily Dickinson et les proses de Carson McCullers. Chez cette dernière, je rencontrai des solitaires dont je reconnus les pensées. De mon côté, je lui fis de petits cadeaux. Nous échangions les livres comme des accolades. Elle aimait se placer devant la fenêtre pour regarder le jardin. Parce que son caractère était entier et sans concession, je me sentais en confiance.

Ce soir-là, John fumait un cigare, Léda lisait un manuel de jardinage, j'écoutais le piano de Lucie. Ce qu'elle ne me confiait pas, je l'entendais dans un *Liebestraum* de Liszt. Dans cette sensibilité, j'écoutais l'écho de ma mélancolie. J'allais partir sans rien avoir appris ; je m'étais habitué à ces gens, même à Léda par une sorte de complicité dans la mésentente. Pourquoi m'être attaché ainsi ? Je vivais une situation inattendue. Comme si j'avais trouvé ma vraie famille. Or, je m'y étais introduit par mensonge. Déloyal. Intrigant. Hypocrite. Je m'étais mis dans l'impossibilité de me dévoiler. Et il me semblait que Léda brouillait le jeu.

Lucie avait cessé de jouer et j'entendais

encore la musique. Je pensai à ma mère, comédienne dépersonnalisée par ses rôles, lointaine à jamais. La rejoindre ne me permettrait même pas de m'en rapprocher. Encore deux jours et je retrouverais la Villa, le Lac, la Solitude. Pour la première fois de ma vie, j'étais effrayé.

Je prévins l'hôtel du Tribunal de mon départ. « Notre région vous a-t-elle plu ? me demanda mon hôte. Je croyais que vous vous y fixeriez. Vous avez de si bons amis ; cette jeune fille... » Je répondis : « Quelle jeune fille ? » et m'éloignai. Je me promettais de revisiter le musée Percheron. Le marché du samedi m'attira. Je flânais parmi les étals quand j'aperçus Léda. Elle portait un panier d'osier comme une villageoise. Elle choisissait sur un présentoir des sachets de graines de semence.

Son amabilité me mit en état de défiance. Elle m'entretint de plants et de jardinage. « Au fond, ajouta-t-elle, vous vous en fichez bien, vous qui vivez dans les sphères supérieures ! » Je répondis : « Pas toujours. » Elle se moqua de mon air béat quand j'écoutais de la musique, puis elle m'accusa de l'espionner. J'acquiesçai. Mais oui, je la surveillais, je l'interrogeais, je la suivais, c'était dans mon naturel... Elle jeta : « Oh ! pas d'ironie ! » Les hostilités commençaient. « Ça fait 97 francs », dit le pépiniériste en lui tendant son paquet.

Nous marchâmes au hasard des rues. Elle s'arrêta, me dédia un regard noir et déclara : « Vous ne comprenez rien à rien, vous êtes un benêt ! » Un benêt, qui emploie encore ce mot ? Je plaidai : « Nous pourrions être de bons amis... » Cela n'apaisa pas sa colère. Sur les causes de notre constant désaccord, j'eus un éclat de lumière : ce que j'y vis me parut à ce point effarant, inexplicable, que j'en repoussai la compréhension.

Mal inspiré, je demandai : « Parlez-moi du Brésil... » Cette gaffe provoqua sa violence. Elle me donna un coup de son panier et jeta : « Ne parlez jamais de ça, jamais ! » Puis, pour situer les termes du conflit sur un plan habituel, elle m'adressa un reproche de plus : « Vous êtes lent, vous êtes un fruit confit. » Elle répéta en riant cette expression : « un fruit confit ». J'entamai un plaidoyer. Je savais me griser de vitesse et en mesurer la vanité. Oui, j'étais lent. La Nature aussi. Les saisons procèdent sans hâte, les germinations aussi... Léda mima un applaudissement et observa : « Il s'écoute parler. Baryton ou ténor ? mais banal, banal... »

Elle me prit le bras. Un fait pour moi notable : jamais je n'avais eu une femme à mon bras. Ma sœur siamoise ? Quelques instants sans anathèmes. Je rappelai : « Je suis invité à dîner chez vous avec d'autres invités. Ce sera peu avant mon départ. » Sa main se crispa sur mon bras. Je partirais ? Non, pour elle, je fuirais comme un lâche. Je pénétrais chez les gens comme un rôdeur, m'installais, jetais le désordre, puis m'en allais. Que j'aille au diable ! « En voilà assez de ce crétin ! » entendis-je. Elle s'éloigna en courant, égrenant une litanie d'injures jusqu'à ce que la distance les tût à mes oreilles. Je ne cherchai pas à la rattraper.

Le dîner chez les Edwards. Ils avaient invité deux couples d'âge mûr, propriétaires du voisinage. Sans être en retard, j'arrivai le dernier. John avait préparé des *champagne-cocktails* corsés. John et Lucie avaient fait des efforts de toilette. Léda ne se priva pas d'éblouir. Elle, la mal nippée, quel caprice l'avait poussée à cette transformation ? Elle était si belle que je n'osais la regarder. Ses cheveux blancs étaient cachés par une perruque bouclée qui évoqua pour moi un portrait de Joséphine de Beauharnais. A peine maquillée, moulée dans une robe d'un bleu presque noir, elle portait un collier de perles et, à une seule oreille, une perle baroque sur fond d'argent. Cette virago métamorphosée était l'élégance et la distinction mêmes. Les messieurs ne cessèrent de la complimenter.

La nappe et les serviettes brodées, la porcelaine, les cristaux, l'argenterie, un décor fleuri, je reconnus la main de John. Cette délicatesse apportait un charmant contraste avec la rusticité de la pièce. Je me sentais dans la situation du cousin éloigné tenu à la discrétion devant d'importants personnages. L'invité de marque, un bel homme au chef couronné de blanc, au teint brique et aux yeux d'un bleu limpide, ambassadeur à la retraite, avait connu John à l'étranger. Sa femme gardait les traces d'une ancienne beauté. Distinguée, elle ressemblait à Lucie mais sans la même profondeur de regard. L'autre couple était celui d'un homme d'affaires, obèse et sûr de lui, et d'une épouse dont le rôle consistait à approuver ses propos.

En d'autres circonstances, nous aurions pu

trouver, Léda et moi, une complicité d'âge. Elle m'ignora. Consciente de sa présence, elle sollicitait tout son charme ; sa voix disait des riens avec conviction, ses yeux se posaient sur ses interlocuteurs avec un intérêt soutenu, chaque parole entendue semblant lui apporter une révélation. Elle aurait fait merveille dans *L'Apollon de Bellac*.

Nous nous trouvâmes, elle et moi, à chaque bout de la table. Au centre, John et Lucie étaient en vis-à-vis, les invités disposés selon les préséances à leurs côtés. Ce dîner se composait d'un poisson, d'un gigot (découpé par le maître de maison), de légumes, d'une tarte aux pruneaux. Les vins blanc et rouge décantaient dans des carafes.

Si Léda pratiqua l'art de m'ignorer, le repas fut agréable. L'ambassadeur nous régala d'anecdotes et de portraits glanés au cours de sa carrière. Il s'entretint de musique avec Lucie. L'homme d'affaires fit des grâces arrondies aux dames qui ne l'écoutaient guère.

« Notre jeune ami est suisse, dit John, il va bientôt rejoindre son beau pays... » J'eus la chance de ne pas entendre des propos sur les montres et le chocolat au lait. L'homme d'affaires jugea spirituel de me demander : « Seriez-vous venu placer vos capitaux en France ? » Je lui répondis que le cas était fréquent si j'en jugeais par certaines offres publiques d'achat. Il me demanda si je m'occupais de questions de Bourse. Un petit discours me valut l'offrande de sourires sympathiques. Ainsi, je devins un centre d'intérêt, d'autant que John en rajouta : « Aux échecs, voilà bien l'adversaire le plus redoutable qui soit, et il est un excellent musicien ! »

Etait-ce trop pour Léda ? Elle s'adressa à l'ambassadeur : « Il est bon d'avoir de petits talents de société, n'est-ce pas ? » Cette expression : « petits talents de société » me visait. Je tus ma riposte tandis que Léda poursuivait un tour de table : « Et vous, madame, quel est votre *hobby* ? »

Pour déplacer le jeu, je tentai une analyse comparative de l'art des échecs et de l'économie internationale — ou, tout au moins, lançai-je le débat que l'homme d'affaires sut relancer. C'est alors qu'il m'arriva une chose surprenante : un projectile vint me frapper le visage pour rebondir dans mon assiette. Personne ne s'en aperçut, à l'exception de John qui m'adressa un sourire malicieux. A qui devais-je ce tir bien ajusté d'une boulette de mie de pain sinon à Léda qui, sans me regarder, poursuivait une conversation en caressant ses perles.

Je restai muet de stupeur. Ce geste d'enfant farceur était si éloigné de l'attitude mondaine de Léda. Mais qui d'autre ? Et, soudain, sans que je réfléchisse plus avant, je me sentis envahi d'une allégresse étrange comme celle que produit l'arrivée d'une bonne nouvelle, d'un message inattendu. Je toussai dans ma serviette pour cacher mon fou rire.

John dissertait sur l'armement. Lucie portait sur son visage marmoréen ce ravissement étonné des solitaires quand ils retrouvent le monde et le découvrent meilleur qu'ils ne l'imaginaient. Je pensai que, sans paroles, par la musique, c'était avec elle que j'avais le plus « parlé ».

Ce soir-là, j'étais prêt aux adieux. Tandis que John raccompagnait ses invités, Lucie me demanda de la rejoindre le lendemain. Elle désirait me montrer des partitions retrouvées. Je différai mon départ d'une journée. En cela, je fus avisé : cette dernière rencontre, un présent du sort, m'apporterait une réponse à bien des questions. M'en serais-je tenu à ma décision première que je serais resté, ma vie durant, dans l'ignorance de faits bouleversants et qui recomposeraient mon existence entière.

De ces quelques heures, ma mémoire a tout enregistré. En aucune autre partie de ce récit, je ne suis aussi proche de la vérité.

Je suis seul avec Lucie. Nous venons de déchiffrer une partition. Lucie m'a enseigné à retenir mon souffle pour adoucir le son du hautbois et éviter les vibrations de l'anche. Que ce rendez-vous soit le dernier nous attriste. Lucie frissonne et me prie d'aller chercher son châle mauve sur un fauteuil dans sa chambre. Je m'engage dans le couloir sombre. Sur les murs sont exposées des photographies et des lithographies. Je distingue mal les portraits des musiciens représentés. En posant le châle sur les épaules de mon amie, je lui demande la permission de mieux voir les illustrations du mur. « Bien sûr, répond-elle, éclairez-vous. Le commutateur est à gauche. »

Les mains derrière le dos, comme un visiteur de musée, je salue Beethoven, Liszt, Chopin, Schubert, Schumann... Bientôt mon cœur bat plus vite. Que fait dans cet ensemble ce portrait de femme ? Je ne me trompe pas : c'est bien le visage de ma mère, plus jeune et fort belle. Je déchiffre une dédicace : *A Lucie et John, leur amie à jamais*. A côté, une photographie plus petite, celle d'un amateur. Ma mère se trouve près de John et Lucie. Le bras de John entoure la taille de sa femme, mince et encore ingambe. Ils paraissent joyeux, un trio d'amis à qui la vie offre son sourire.

Ainsi, j'ai trouvé le lien. Les questions se multiplient. Je suis si ému que je dois reprendre mes esprits avant de simuler un intérêt poli. Je demande : « Parmi les musiciens, cette actrice ?... » Le visage de Lucie s'éclaire. « Ce fut, m'apprend-elle, notre plus chère amie. Quelle délicieuse personne ! Nous l'avons connue avec un violoniste qui était alors son compagnon. Elle logeait au Ritz où nous occupions un appartement de fonction. » Dans ma tête résonnait cette phrase « un violoniste qui était alors son compagnon ». Je demandai à Lucie si elle était toujours en relation avec elle. La réponse négative était celle que j'attendais : « Hélas non ! Nous devons lui rappeler, auprès de beaux souvenirs, d'autres qui sont atroces. » Il s'agissait d'un drame dont ma mère était la protagoniste. Lucie me parla de sorties « au début tous les quatre » et de leur goût des mondanités parisiennes.

Je brûlais de connaître la suite quand John nous rejoignit. Il prit une tasse de thé à la hâte : il devait rejoindre le garçon d'écurie qui s'inquiétait à propos de la jument noire. Où se trouvait Léda ? Sans doute dans sa chambre ou en promenade. Pour m'éviter.

« Où en étions-nous ? » demanda Lucie. Je dis : « L'actrice et son drame... » Elle réfléchit, parut se poser des questions et finit par dire : « C'est si loin ! Si vous aimez les histoires tristes, je vais vous conter la sienne... » Et ainsi appris-je les événements qui précédèrent ma naissance :

> « Nous avons assisté, John et moi au déchirement d'un amour. Lui était venu de Russie. Appartenant à un milieu *underground,* il avait profité d'un voyage d'orchestre pour choisir la liberté comme on disait alors. Il n'avait pas les dons d'un soliste et le savait. Il disait que le violoneux de Chagall, c'était lui. Il était déchiré, un personnage de Dostoïevski. Il regrettait son pays et le détestait à la fois comme il appréciait et repoussait la France, ne sachant plus ce qu'il pensait ni qui il était. Il se sentait inférieur à sa compagne, notre pauvre amie. Il cherchait à la rabaisser, à l'humilier, la traitait de pin-up de bazar, une telle comédienne ! Cela ne pouvait tenir. Elle-même, si fine, si distinguée, finissait par lui ressembler, alcool et violence. Dans leurs éclats publics, ils mettaient une telle fureur qu'on se demandait s'ils ne jouaient pas un drame russe. Je ne savais distinguer s'ils se haïssaient ou s'ils vivaient une forme particulière de leur passion... »

Lucie, qui n'avait jamais tant parlé, ferma les yeux, reprit son souffle en jouant avec les franges du châle mauve. Par cette évocation, je ne doutais plus, je savais qui était, par rapport à moi, ce violoniste inconnu, cet artiste dément, et j'y voyais une malédiction. Lucie reprit :

« ...Notre amie finissait par devenir aussi odieuse que son amant, ne cessant de l'insulter, de lui reprocher paresse et surtout laideur. Et pourtant, il était bel homme, différent, grand, élancé, un beau regard sombre et ce charme qu'on dit slave. Il ressemblait à un grand acteur russe dont j'ai oublié le nom, il ressemblait à... C'est curieux, avec votre barbe, vous me faites penser à lui, mais de manière lointaine : vous êtes si calme, sans cette exaltation constante... »

Ainsi, je savais, désormais je savais. Ces amants de naguère m'apparaissaient comme des ombres. Le portrait d'une mère autre se dessinait. Je pensai à John avec tristesse. Je l'avais soupçonné d'être mon père, quelle absurdité ! Et pourquoi mon regard errait-il vers l'escalier ? Pourquoi me levais-je pour regarder par la fenêtre comme si j'attendais quelqu'un ?

« ... Après des ruptures successives, ils se réconciliaient avec autant d'ardeur qu'ils en avaient mis à rompre. L'éclaircie ne durait pas. Après la séparation définitive, alors qu'elle se croyait délivrée, il continuait à la poursuivre. Il gagnait sa vie en jouant dans une boîte russe. Il buvait de plus en plus. Il ne supportait pas d'être évincé. Il tenait notre amie pour son esclave, la guettait à la sortie de l'hôtel, la suivait sur les lieux de tournage, partout, comme un chien, en silence...

...J'en arrive au plus triste. Un matin, elle

me téléphona, me demandant de la rejoindre dans sa suite sans rien en dire à John. Je la trouvai en larmes, le visage tuméfié. Le misérable s'était introduit dans sa chambre, l'avait battue, lui avait fait violence et s'était enfui. Je la soignai. Elle ne s'attarda pas dans ses pleurs, elle se reprit, fit sa toilette, se plaça devant sa coiffeuse, redevint elle-même, belle, courageuse, enfin... pas tout à fait elle-même, la joie l'avait quittée. »

Ma respiration s'était arrêtée. J'étouffais. Je devais le cacher. Des présences invisibles m'entouraient. J'avais peur. Quand j'entendis la voix de John venue de la cour, je faillis me précipiter pour lui demander pardon sans trop savoir de quoi. Je trouvai la force d'une question. Me tournant vers Lucie, je demandai : « Et lui, qu'est-il devenu ? » Quelque chose d'étrange, de compatissant passa sur les traits de Lucie. Elle parla de nouveau :

« ...Lui ? Le malheureux a été enterré à Sainte-Geneviève-des-Bois. Elle s'est même occupée de la cérémonie — pauvre cérémonie. Il n'y avait qu'elle, John et moi. Cet insensé a payé sa folie. Il s'est suicidé. Une balle dans le cœur. Une victime de l'histoire, de l'exil et de lui-même. Qu'il repose en paix ! »

Assis dans mon fauteuil, je dus avoir une syncope. Je sentis qu'on me tapotait les joues. C'était Lucie. J'entendis : « Mon ami, revenez ! Comment peut-on être émotif à ce point ? » Je dis que ce n'était rien, que cela m'arrivait parfois, sans raison, ma constitution nerveuse...

En quittant Lucie, je lui ai offert mon hautbois, en souvenir. Il serait bien dans ce salon de musique où je le retrouverais peut-être un jour. J'ai pris sur moi de faire oublier que j'étais brisé comme une porcelaine.

John sortit de l'écurie, les mains gantées de caoutchouc. « C'est donc le départ ! me dit-il. Avez-vous laissé votre adresse suisse à Lucie ? » Je répondis que l'écrirais. A l'écurie se préparait la naissance attendue. « Ce soir, il y aura sur la terre un percheron de plus ! » s'exclama John, puis : « Mais... vous êtes pâle, que vous arrive-t-il ? » Je suggérai que c'était l'émotion du départ. Il dit : « Finis les échecs, les promenades en forêt, la musique... » Nous nous regardâmes. Nous étions comme deux camarades que la fin des vacances va séparer. Nous éprouvions une gêne, celle que provoque trop d'affection. Il fit : « Eh bien... » Nous nous serrâmes la main, il me tapota l'épaule, et ajouta : « Allez ! on s'embrasse... »

Comme j'aurais voulu que ce fût lui, mon père !

Les somnifères m'ont été de peu de secours. Je voulais dormir, dormir, ne plus penser, fuir. Je me nommais écroulement, délabrement, ruine. Le démon de l'analyse se profilait dans cette ombre. Je le repoussai. Je ne demandais que l'oubli, l'île, l'oasis, un peu de terre ferme pour m'y reposer. Et ce raisonnement que je refusais m'assaillait par son avant-garde d'images dans le demi-sommeil. J'entendais la voix monotone de Lucie sans distinguer ses paroles, mais je *voyais* les personnages de sa narration inaudible, venus du passé comme des spectres. Tantôt ils avançaient en riant, tantôt ils reculaient horrifiés. D'autres formes, plus visibles, m'entouraient, John, Lucie, Léda, mais cette dernière tendait un doigt accusateur. A l'aube, il me sembla qu'on frappait à la porte. Le sommeil alors me terrassa.

Au réveil, une douche brûlante suivie d'un jet glacé me rendirent à moi-même. A demi nu, j'ouvris grande la fenêtre pour respirer l'air vif. Le ciel dégagé laissait présager une belle journée. Sur la place, un merle sautillait. Je dormirais à Paris, rendrais la moto, puis prendrais le T.G.V. pour Lausanne.

Je préparais mon bagage quand j'entendis des pas dans le couloir. Il était tard, la femme de chambre devait s'impatienter. Quand j'ouvris la porte, ce ne fut pas elle que je vis, mais Léda. En culottes de cheval, enveloppée dans une pèlerine, elle attendait, le dos au mur, silencieuse. Je m'effaçai pour la laisser entrer. Elle se plaça près de la fenêtre, resta immobile. Son ravissant profil, le casque de ses cheveux blancs dans la lumière, elle m'apparut lisse, sereine, un sourire esquissé sur ses lèvres roses. Léda qui n'était pas *mon enfant ma sœur*, Léda autre à mes yeux, proche et lointaine.

Elle brisa le silence, parla comme si elle s'adressait à la vitre ou au merle sur la place : « Je suis venue. Il fallait bien vous dire adieu. Je sais : vous ne m'avez pas trouvée, mais vous ne vous êtes pas donné beaucoup de mal pour ça. Moi, je vous ai vu, je vous ai même suivi, et pas une fois vous ne vous êtes retourné. A un moment, vous avez mis le front contre un arbre comme si vous pleurnichiez... »

Je dis : « Vous ne pouvez pas comprendre ! » Elle reprit : « Oh si ! je comprends que vous ne vous intéressez qu'à vous-même. Ce n'est pas original. Les types sont ainsi faits. Je suis revenue à la maison. Il s'en est passé des choses... ne prenez pas cet air effaré : la naissance d'une poulaine. » Ce n'était que cela ! Je dis : « Ah oui ! une poulaine... »

Quand elle se rapprocha de moi, je reculai. Elle poursuivit : « Mes parents n'ont parlé que de vous. Quel homme charmant ! quel merveilleux garçon ! et des compliments en veux-tu en voilà. Il paraît que vous ressemblez à un type qu'ils ont connu. Mon père dit : "Oui, mais en mieux." Rien que des fleurs. Et voilà qu'il me demande mon avis sur "le merveilleux garçon" : "Tu ne trouves pas, Léda ?" J'ai répondu : non ! et je les ai quittés. »

Je restai muet. « Cessez donc de me regarder ainsi ! » ordonna-t-elle. Je répondis que je la regardais comme je l'avais toujours fait. « Ah non ! dit-elle, pas de cette manière, et puis, après tout, je m'en fiche bien. Faites ce que vous voulez. Prenez vos cliques et vos claques et allez au diable ! »

Je bouclai mon sac. Elle me demanda d'une voix changée, basse, plaintive : « Vous êtes vraiment obligé de partir ? » Surpris, je fis oui de la tête et j'ajoutai : « Hélas ! » Elle murmura pour elle-même : « Il a dit : Hélas ! » et, s'adressant à moi : « Pourquoi : Hélas ? » Je ne trouvai rien à répondre. Je compris que nos paroles mentaient, n'existaient que pour en cacher d'autres. Un sentiment d'angoisse m'assaillit, la prescience d'un événement, la crainte de son inconnu.

Nous évitions de nous regarder. Nous étions comme deux questions qui ne trouvent pas de réponse. Je me plaçai en face d'elle. Ses yeux dorés me fascinaient. Je ressentis un incompréhensible élan. Une évidence cherchait son chemin. Il passa entre nous un étrange fluide qui nous laissa le souffle court.

Je connus alors cet intense rayonnement, cet échange secret, un composé de peur et de soulagement, une envie de rire et de pleurer en même temps, la certitude que Léda éprouvait les mêmes sensations. Ce fut elle qui traduisit l'indéfinissable. Elle se blottit contre moi et, au moment où je m'apprêtais à la serrer dans mes bras, elle se dégagea pour frapper ma poitrine de coups de poing et j'entendis : « Je vous méprise, je vous déteste, je vous... je t'aime ! » Ces mots, oh ! ces mots que je portais en moi, que je n'avais jamais espéré entendre, elle les disait. Je lui en apportai l'écho. Nous ne nous embrassâmes pas. Nous restâmes serrés, soudés. En peu de temps, je passais du drame au ravissement. Ce bonheur soudain m'arrivait comme une blessure qui vous guérirait d'une autre blessure. Il me sembla que je sortais d'une prison, que tout était ouvert. Je répétai : « Léda, Léda, oh ! Léda... » Si près de moi, je l'appelais encore.

Son souffle caressait mon oreille. Je la respirais tout entière. Sa voix me frôla comme un frisson : « Tu reviendras, dis ? tu reviendras !... ou alors, ne pars pas, je ne veux pas que tu partes ! » Nous ne pouvions plus nous arracher l'un à l'autre.

Que m'arrivait-il ? Que nous arrivait-il ? La foudre, l'aimantation, cela existait donc ! et mes lèvres posées sur sa peau, sa forme soudée à la mienne, ce parfum devenu mon parfum. Des pensées me traversaient : si elle savait, si elle connaissait l'origine de notre rencontre !... Je murmurai : « J'étais dans l'obscurité, j'avais peur. » Elle répondit : « J'avais peur aussi, j'ai peur encore... »

Je mis toute ma conviction dans cette promesse : « Je reviendrai, je reviendrai, tu m'attendras ? » Elle s'exclama comme une héroïne racinienne : « Si je t'attendrai ? Je t'attends depuis que je te connais ! » Je chuchotai : « Moi, depuis bien avant... »

Je ne ferai pas le récit des heures qui ont suivi. Elles furent plus belles que l'écriture ne saurait l'exprimer.

Léda, une autre Léda, toute neuve pour moi, m'aida à conduire la motocyclette hors du garage. Nous ne nous quittions ni du corps ni des yeux, nous nous arrêtions pour échanger des caresses, nos gestes étaient maladroits et heureux.

Au moment du départ, celle que j'aimais, à qui j'étais lié à jamais, me parut frêle, aérienne, à la fois souriante et triste comme une fiancée qui voit son aimé partir pour la guerre. Elle dit : « Emmène-moi... Non ? tu ne peux pas... » Je jurai que notre séparation serait courte. Je ne penserais plus qu'à elle, je ne vivrais que pour elle.

Les gens de l'hôtel, derrière les vitres, nous regardaient avec une malice attendrie. La moto faisait un bruit d'enfer. Léda se blottissait contre moi. Je me suis penché sur sa bouche.

Entre Mortagne et Paris, j'ai roulé dans un rêve. Je répétais le nom : Léda... Durant toute la route, j'ai gardé le parfum, le goût de ses lèvres.

Dix

Je ne repris pas le chemin de Mortagne, les circonstances en décidèrent autrement.

Ainsi, j'allais revoir mes lieux de vie, ma mère, j'allais rejoindre l'autre versant de la vérité. Je croyais m'être absenté depuis des années, ce n'étaient que des mois que je multipliais. Oserais-je regarder ma mère dans les yeux ? N'y lirait-elle pas ma nouvelle connaissance ? Ces brumes, ces chapes, cette obscurité, pourquoi ? Et durant mon séjour dans le Perche, n'avais-je pas été un dissimulateur ? Comment se nommait le spectre ? et si c'était la Peur ?

Mon arrivée à la Villa fut marquée par la déception et l'embarras. La grille d'entrée était cadenassée. J'appelai sans qu'on me répondît. Le taxi m'avait déposé là et, entouré de mes bagages, je ne savais que faire, sinon attendre.

Plus tard, un voisin m'apprit que Marie prenait son jour de congé, qu'elle reviendrait dans la soirée. Il me proposa une hospitalité provisoire que je refusai. Je m'assis sur une valise. Ma mère était donc en voyage. La nuit approchait quand je vis arriver Marie à bicyclette. Mettant pied à terre elle me regarda de manière soupçonneuse comme si je lui étais étranger. Pour qu'elle me reconnût, je dus parler, me nommer, quelle absurdité ! Elle s'exclama et j'entendis des « pas possible » et des « je n'en crois pas mes yeux ». C'était bien moi. Un revenant. « ... C'est cette barbe, vous comprenez... Mon père aussi portait la barbe mais il fumait la pipe... » Elle ouvrit la grille, rangea sa bicyclette sur le côté, se planta face à moi, les mains aux hanches, pour mieux me voir. « Vous avez tellement changé. Vous êtes, vous êtes... » Je suggérai : « Moins laid ? » Elle ne parut pas comprendre : « Moins laid, pourquoi dites-vous ça ? » J'appris qu'elle devait me renseigner sur des faits nouveaux, et pas des plus agréables. Mon retour la délivrait en partie d'un serment de silence.

Que signifiaient ces mystères ? Elle me *parlerait* plus tard, quand je serais installé. Tandis que je montais mes bagages dans ma chambre, elle prépara un dîner froid, assiette anglaise, fromage et biscottes. Pourquoi n'avais-je pas prévenu ? Elle aurait acheté du pain. Elle disait ainsi des choses sans importance pour retarder le moment des informations qu'elle n'avait pas été autorisée à me donner. Je savais que, prononçant des riens, elle envisageait, dans la lenteur, les paroles prudentes qu'elle avancerait. A ma demande, elle finit par s'exprimer en bouleversant toute chronologie :

« Vous allez trouver votre maman bien changée... On la ramène demain, en fin de matinée. J'ai préparé son lit dans la bibliothèque. Elle pourra se reposer sur la terrasse. Il va faire plus chaud maintenant... (Je dus forcer la voix pour l'amener à plus d'ordre dans ses idées.) La ramener d'où ? De la clinique, évidemment, d'où voulez-vous qu'on la ramène ? C'est vrai, je ne vous ai pas dit, je ne pouvais pas vous prévenir. Madame m'a fait jurer sur la tête de mon neveu, l'étudiant en médecine, de ne pas vous prévenir. "Les ennuis, on les garde pour soi", elle a dit. Au téléphone, j'ai fait des allusions, j'espérais que vous comprendriez. C'est pourquoi je vous tarabustais. Mais je ne vous ai rien dit, vous pourrez en témoigner. Il ne faudrait pas qu'elle croie... »

Depuis plusieurs semaines, ma mère était malade. Après de nombreuses consultations, des traitements inutiles, un professeur avait diagnostiqué une maladie du côlon, fort rare, résistant aux antibiotiques. Elle avait frôlé la mort. Enfin une opération avait réussi. Elle était restée trois semaines en clinique, alimentée artificiellement. Depuis deux jours, elle commençait à manger. La convalescence serait longue.

Je fis des reproches à Marie. En cas de force majeure, on passe outre aux promesses. Certes, je n'aurais rien pu faire, mais j'aurais été présent. Pourquoi ce silence ? Que craignait ma mère, mon retour ou mon indifférence ? En parallèle, si j'étais rentré plus tôt, j'aurais quitté Mortagne dans l'ignorance de ma protohistoire. C'est parce que je connaissais la vérité sur les sentiments contradictoires auxquels je devinais ma mère livrée que je regrettais de ne pas avoir été proche pendant ces jours difficiles.

Marie, sage pourtant, me proposa un programme. L'état déficient de la malade lui interdisait toute émotion. Si la nouvelle de mon retour était différée, Marie pourrait la préparer à cette éventualité. Je me rendis à ses raisons. Pour faire oublier mes reproches, je la félicitai de son bon sens. Ma flatterie la mit de bonne humeur. Dès lors, elle ne cessa de me complimenter : j'avais mûri, pris du poids, je paraissais sûr de moi, j'étais un homme maintenant, et solide, sans cet air de chien battu que j'avais auparavant. Comment s'était opérée cette métamorphose ? Il avait dû s'en passer des choses au cours de mon voyage !

Elle ne réussit pas à forcer ma confidence. Elle saurait plus tard qu'un autre être vivait en moi. Nous convînmes que je resterais caché dans ma chambre. Cette situation n'était pas nouvelle pour moi.

Cette chambre, je ne la retrouvai pas telle que je l'avais laissée. En posant mes valises, je ne m'en étais pas aperçu : la pièce avait été repeinte en clair ; les doubles rideaux, le dessus-de-lit, les fauteuils offraient un tissu fleuri. Cette joliesse féminine ne me plaisait guère : on s'était permis de modifier mon univers. Par bonheur, livres, disques compacts, menus objets avaient été replacés en bon ordre.

Cet espace de ma solitude, était-ce lui ou moi qui l'avait changé ? Je m'allongeai sur le lit sans retrouver certain creux du matelas : la literie aussi avait été renouvelée. Sur le sol, un tapis de Chine jetait un éclat doré. A quelle attention ou à quel caprice devais-je ces innovations ? J'allai à la fenêtre pour contempler mon lac cerné de lumières. Entre lui et moi, tant de liens n'effaçaient pas une impression d'absence. Je tentai, sans y parvenir, de retrouver mes anciennes rêveries. Les yeux fermés, je revis un étang dans une lointaine province française.

En rangeant mes nouveaux vêtements, je fus surpris par la tristesse des anciens, ces personnages dignes, sombres, ces costumes trois pièces ennuyeux. J'allai devant un miroir installé depuis peu. L'ancien avait emporté mon image avec lui. Je ne me reconnus pas tel que j'étais auparavant.

Pris par la manie du rangement, je me suis couché tard. J'ai éteint la lampe de chevet, puis je l'ai rallumée comme si j'allais retrouver mon ancien décor. J'imaginai ma mère étendue sur son lit d'hôpital. Je vis Léda, la fille au cygne, mon amour. Je connaissais tant d'aspects de sa personne. Me les avait-elle tous révélés ? Elle m'apparut sous des jours successifs : ivre, misérable, défaite sous la pluie ; habillée en garçon et jetant ses sarcasmes ; en cavalière consommée se moquant de son père sur son percheron et de moi sur la mule ; en femme du monde dans une robe désignant sa beauté ; en amoureuse éperdue... J'entendis ses phrases : « Avoue que tu meurs d'envie de m'embrasser !... Dans la forêt, je voudrais être nue... Je suis grossière, je bois comme un trou... » Du bout des lèvres, elle se moquait de mes « petits talents de société ». Elle était odieuse, elle était adorable, elle jetait des fureurs de tragédienne grecque, elle offrait des douceurs de modèle préraphaélite. Et ces verbes de la dualité : « Je vous déteste, je t'aime... » J'étais le plus sot des hommes.

Je me mis à ma table pour lui écrire une

longue lettre exaltée que je recommencerais au matin. Je retins l'envie de lui téléphoner. N'allais-je pas entendre une autre Léda qui avouerait m'avoir mystifié ? Non, ce n'était pas possible : son aveu avait surgi du fond de son être, avec quels accents !

Fait exceptionnel, Marie m'apporta mon plateau de petit déjeuner, et même fleuri d'une rose en bouton : sa manière de fêter mon retour. Je faisais des exercices de gymnastique, le torse nu. Elle observa ma prise de poids, ma musculature. Je mimai le lutteur de foire. Les rires ici me paraissaient inédits. Je posai la question : pourquoi cette nouvelle décoration de mon antre ? La réponse : ma mère contrainte à un temps d'inaction s'aperçut que son cadre lui déplaisait. Elle voulut tout modifier à sa guise, sans les conseils d'un décorateur. « Elle a tout chamboulé, dit Marie, vous ne reconnaîtrez pas son appartement. Il est devenu plus... raisonnable, moins... enfin, plus sérieux. Et votre chambre est tellement jolie, elle vous plaît, j'en suis sûre... »

Après un temps de réflexion, Marie jugea que, ma mère de retour ou pas, rien ne m'empêcherait de sortir. Sa convalescence la retiendrait alitée ou bien elle se reposerait sur la terrasse. La porte de bois, au fond du parc, me permettrait de m'échapper.

Je rédigeai pour Léda une lettre folle, puis je lui téléphonai pour la lui annoncer. Sa voix était chaude et douce. Les sarcasmes en étaient bannis. Comme moi, elle s'étonnait de ce qui nous arrivait — bien qu'elle s'y attendît. Elle n'avait pu imaginer cependant l'intensité de nos sentiments. Je lui appris la maladie de ma mère. Je ne pouvais quitter Vevey. Elle comprenait, elle attendrait. Elle avait parlé de *nous* à ses parents. Lucie n'avait pas marqué d'étonnement. John cacha sa surprise en annonçant qu'il avait prévu la chose. Nous échangeâmes les mots de l'amour jusqu'à ce que Léda s'écrie : « Hé ho ! attention aux fadaises ! » ce qui ne nous empêcha pas de continuer, quoique en tempérant d'humour notre tendresse.

L'arrivée de l'ambulance me ramena à l'immédiat. Je me cachai derrière le rideau de la fenêtre pour mieux observer : une commère de village ! Marie se précipitait. Elle chassa un photographe. Ma mère sortit du véhicule aidée par une infirmière et l'ambulancier qui déploya un fauteuil roulant. Je compris qu'elle le refusait. Entre Marie et l'infirmière, le déplacement fut lent. Ma mère avançait à petits pas, s'arrêtait pour reprendre des forces, s'efforçait de sourire. Je ne pus distinguer ses traits. Comme ils approchaient, je baissai le rideau.

Avais-je perdu le goût de la solitude ? Dans cette chambre de tant d'années, je me sentis cloîtré. Je sortis par la porte de derrière, suivis l'allée qui rejoignait l'avenue. L'hiver reculait. Les passants tenaient leur manteau ouvert. J'achetai journaux et magazines, entrai dans un café, commandai du vin. Je me surpris à lire la rubrique des offres d'emploi.

Ma pensée voyagea. Là-bas, dans le Perche, j'essayai d'imaginer la jument noire et sa petite percheronne. Je revis chacune de mes journées de Mortagne. Et puis, je revins à l'heure présente. Quelle crainte m'avait toujours inspirée cette mère lointaine ? Sans que j'en trouve la raison, la peur se dissolvait. J'avais hâte de la rejoindre. L'idée me vint que ce serait comme si je la voyais pour la première fois — parce que je savais tout d'elle — et d'une Elle autre que je l'avais imaginée. Ma mère, non pas une star en majesté, mais une femme torturée dans son corps après l'avoir été dans son esprit. Elle sans moi, Elle avec moi, Elle autre. Elle ma mère qui n'avait pas détruit le fœtus-moi.

Dans ces rues calmes, bordées de verdure, la lumière était si belle qu'on ne pouvait plus imaginer vertiges et chutes. Je me sentis entre deux lieux, entre deux mondes, à mon aise pourtant. J'ignorais encore à quelles angoisses je me préparais.

Le soir, Marie m'apporta des nouvelles. Une fièvre persistante inquiétait le médecin. Marie avait inventé un appel téléphonique annonçant ma prochaine arrivée. Je lui dis qu'elle était « une fine mouche ».

Le surlendemain, jour de mon prétendu retour, je pénétrai dans la bibliothèque aménagée en chambre. Avant de me présenter, je restai un instant dans la pénombre. Je regardai ma mère. Un léger affaissement des joues avait modifié sa personnalité. Ses yeux étaient obscurcis, sans reflet. La bouche pâle, les lèvres serrées, le menton saillant lui donnaient un air de volonté que je ne lui connaissais pas. En perdant sa beauté, elle s'était débarrassée de son abstraction, comme si elle avait accouché d'elle-même pour révéler une personnalité nouvelle. Aucune trace de maquillage. Elle avait quitté son ancienne peau comme un vêtement de travail. Elle ne défiait plus le temps, elle lui donnait audience.

Je pensai qu'elle avait perdu la laideur de trop de beauté. Ce visage, rendu à lui-même, était empreint d'une noblesse grave. Cette mère démunie, devenue ce qu'elle devait être, j'allais profaner sa retraite, la retrouver mise à nu, sans défense. Je fis quelques pas. L'infirmière m'annonça à sa malade et s'éloigna.

Je vis alors que ma mère était toujours belle. Des fils d'argent brillaient dans ses cheveux. Elle me regarda tout d'abord comme si j'étais un visiteur étranger, puis elle poussa de petits cris de souffrance. Je vis ses traits se figer, je reconnus le rejet habituel, mais aggravé. Elle dit : « Non non ! » et cacha son visage dans ses mains. Je restai immobile, silencieux, résolu.

Avais-je changé à ce point ? Ou au contraire étais-je resté le même ? Moi que la plus belle des jeunes femmes aimait, pouvais-je encore effrayer ? Soudain, je compris. Ce n'était pas moi que ma mère venait de voir, mais un autre, lui, *l'autre,* celui d'il y a trente ans et à qui je ressemblais.

Quand elle retira ses mains de son visage, je dis avec douceur : « C'est moi, ma mère, c'est Pierre, votre fils qui rentre de voyage. C'est moi, ce n'est pas quelqu'un d'autre... J'ai changé, j'ai laissé pousser ma barbe, c'est pourquoi vous ne me reconnaissez pas... »

Du bout des doigts, elle essuya ses joues et me regarda étonnée, encore effrayée, tentant de s'habituer à ma vision. Elle eut un léger, très léger sourire, à peine esquissé. Elle dit : « Mais... tu pleures ! » Je ne m'en étais pas aperçu... Elle reprit, étonnée : « Tu pleures... toi ! » Avais-je été si insensible ?

L'infirmière, sans le vouloir, dissipa la gêne. Je devais écourter ma visite. On attendait le médecin. Je murmurai : « Je suis là maintenant... » Peu à peu, ma mère reprenait son empire sur elle-même. Elle détaillait mes traits, cherchait à lire sur mon visage. Je n'étais plus transparent. Mes yeux avaient-ils jamais rencontré les siens ! J'eus le courage de me pencher sur elle, de lui prendre la main, cette longue main diaphane et légère, pour baiser le bout de ses doigts. Elle bougea la tête comme pour éloigner une pensée et ferma les yeux.

Je n'avais jamais vu une aussi belle écriture : petite, penchée, les lettres formées, presque une calligraphie, les lignes bien réparties dans le blanc de la page, elle montrait de l'élégance et du goût. Et surtout, Léda écrivait de manière forte. Elle cultivait l'art de narrer de menus faits quotidiens, de parler de chevaux, de cidre et de calvados, de plantes médicinales et du temps de manière que chaque narration restituât un ensemble de vie.

Cette lettre me dit que les lenteurs administratives en matière de divorce nous condamneraient à vivre dans le péché et à aller, incube et succube, dans les antres démoniaques. J'éviterais cependant de « me faire des cheveux blancs ». Elle les portait pour nous deux, encore qu'elle envisageât une autre teinte tout en craignant que sa particularité ne fût un des éléments de la séduction du « bonhomme ». Elle me donnait d'excellentes nouvelles de

Lucie qui la regardait avec malice et de John qui fixait son échiquier avec haine. Enfin, elle me dédiait de furieux transports de passion qu'elle éliminait de sa missive pour cause de pudeur, et parce qu'il existe un âge de raison même chez les fous. La lettre se terminait ainsi : « Cher cygne, je t'appartiens, tu n'as vraiment pas de chance ! » La délicieuse créature !

Sans la maladie de ma mère, j'aurais eu le cœur léger en dépit du remords de ce que j'appelais « mes manigances ». Un jour, ma mère, John, Lucie, Léda connaîtraient ma conduite et découvriraient mon sens de l'intrigue et mon hypocrisie. Je ne doutais pas d'être pardonné.

Il me resterait à organiser ma vie, notre vie. Les gains au jeu, les petites inventions devenaient des expédients. Pour gagner ma vie, notre vie, sans expérience, sans références, je gardais pour armes ma connaissance des langues, mon aptitude à traduire et à rédiger, ma bonne volonté, une confiance nouvelle en ma bonne étoile.

Pour l'immédiat, le souci de la santé de ma mère prenait toute la place. Mon inquiétude se mêlait à la félicité d'une lettre sans cesse relue. Au terme de mes ressassements, une évidence m'apparut : en quête d'un père, c'est une mère que je trouvais, une femme nouvelle, étrangère encore, et que sa souffrance me rendait proche.

J'allai à sa chambre provisoire, entrouvris sa porte. J'entendis un chuchotement d'église. Se trouvaient là, près du lit, l'infirmière et un médecin assez jeune, au visage énergique. Ma mère reposait les yeux fermés.

Je demandai : « Que se passe-t-il, docteur ? » Il me questionna avec hauteur : « Qui êtes-vous, monsieur ? » Me prenait-il pour un journaliste ? Ma mère tenta de se redresser et répondit pour moi : « C'est mon fils, docteur. » Il eut l'air surpris. « Ah ? je ne savais pas », dit-il, et il me fit signe de le suivre.

Il m'informa. Une complication postopératoire survenait sous la forme d'un point pleurétique. « Nous en viendrons à bout, gardons confiance, dit-il, tout se jouera cette nuit. » Les soins étant apportés, il fallait attendre. L'infirmière lui téléphonerait en cas de nécessité.

Marie m'appela pour dîner. Je réprimai un mouvement d'impatience. Il s'agissait bien de cela ! J'avalai la nourriture sans l'apprécier. Marie resta silencieuse mais ses lèvres bougeaient. Je compris qu'elle priait. Je sortis et marchai sur la rive du lac. Je regardai un groupe de cygnes, l'un d'eux était noir. Je pensai : l'amant de Léda.

Je me sentis envahi par un tremblement. J'étouffai. Je dus reprendre mon souffle. Pensant à ma mère, des forces obscures se manifestèrent en moi, un élan indéfinissable. Je devais revenir à la Villa, vite revenir. J'avançais sans le savoir vers la nuit la plus terrible de mon existence.

La Villa semblait endormie. Seules les fenêtres de la bibliothèque restaient éclairées par une pâle lumière. Au lit, je compris que je ne pourrais pas m'endormir. J'enfilai une robe de chambre et rejoignis ma mère. Le lit blanc, la garde-malade en blanc, la timide veilleuse, le silence me disaient que ma mère allait mourir. Hors de toute logique, je pensai que sa mort entraînerait la mienne comme si mon corps était attaché au sien. Avec elle disparaîtrait mon avenir, mon espérance de Léda.

M'approchant de ce visage pâle, de ces longues mains posées sur le drap, prêtes à être croisées pour le dernier sommeil, je compris que ma mère allait s'éteindre et je ne le voulais pas.

L'infirmière accepta d'être relevée de sa veille et alla se reposer sur un divan. Les yeux de ma mère étaient clos. Dormait-elle ? Je posai ma main sur son front chaud, je pris son faible pouls. Je retins sa main dans la mienne, je la garderais ainsi durant des heures pour lui communiquer mes ondes, ma propre énergie.

En dépit du passé, de tant de distance, d'éloignement, d'abandon, ma mère, je lui étais attaché, je l'aimais de toutes mes déceptions, de mes jours de colère, de ma rancœur dissoute. Je l'aimais parce qu'elle était seule. Si j'avais eu plus de foi, j'aurais pu prier Dieu, si j'avais cru au Diable j'aurais invoqué le Diable. Pour lutter, je pris un allié inconnu, une sorte de mystère physique. J'engageai une partie sans connaître mon adversaire. J'ouvris une partie d'échecs avec la Mort.

Ignorant si ma mère pouvait m'entendre, je parlai. Ma voix la rejoindrait-elle — ma voix ou mon murmure — dans les régions lointaines de sa vie ? Qu'importait le sens de mes paroles ! Elles étaient le témoignage d'une présence et d'une affection.

Ma mère, ce monstre sacré qui a engendré un sacré monstre, ramenée par la maladie à la dimension de l'être précaire souffrant et luttant. Ma mère que son fils avait divinisée, lacée dans le ghetto imaginaire de la gloire sous de puissants projecteurs et si fragile et abandonnée dès leur extinction. Ma mère que, moi qui me croyais victime, je n'avais pu comprendre. Ma mère, voilà que sa maladie devenait la mienne, que ma main tenant la sienne était le prolongement de son corps.

J'ai parlé durant toute la nuit. Ce fut notre lien. J'ai narré la matière des mois écoulés. A elle qui ne m'entendait sans doute pas, j'ai raconté mes voyages, j'ai décrit les villes, les musées, les monuments, j'ai évoqué mes rencontres, tentant ainsi de traverser les couches ombreuses de son sommeil, de la rejoindre au-delà des murailles. Mes paroles insensées coulaient. En leurs moments les plus intenses, elles exprimaient mon désir de secourir tout en appelant à l'aide. Je parlai sans moi, je répétai même plusieurs fois la même phrase dans l'espoir qu'elle apporterait plus de persuasion. Quel mot magique permet d'ouvrir les portes de la vie ? Existe-t-il une manière de communiquer sa force vitale à l'autre ? J'employai la parole comme si elle était un baume.

Un instant, les paupières de la malade se soulevèrent. Je distinguai un rapide battement de cils. Ma mère me reconnaissait-elle ? Je répétai : « Guérir, vous allez guérir, guérir, guérir... », et d'autres mots de lutte et de ténacité. Je repris un long monologue composé de phrases d'avenir et prenant son essor dans le passé proche où m'abordaient trois jeunes filles dans une rue romaine, où me rejoignait près d'un étang un cavalier géant sur un cheval énorme, où une dame interprétait Rachmaninov, et surgissaient le joueur de hautbois et le joueur d'échecs, une dame centenaire, et la route, les sentes en forêt, une motocyclette, un éventail, un châle mauve, un cygne...

Je quittai cet inventaire pour décrire Léda sous tous ses aspects : la désespérée, l'odieuse, la rebelle, l'amoureuse. Je dis que lorsque je croyais la rejoindre, elle s'éloignait d'un bond de biche. Au moment où je renonçais à la comprendre, une raison supérieure abolissait les oppositions, et ce miracle naissait du vainqueur de toutes logiques, l'amour que rien n'explique et qui vit de ne pas être expliqué.

Ma mère qui gisait sur ce lit blanc finissait par se confondre avec Léda. Ma mère, ma mère, votre beauté est toujours présente, cette extrême beauté qui, comme l'extrême laideur, conduit à la solitude. Vos traits sont les mêmes. Ils s'accordent aux frémissements du temps — le temps qui vous rend plus belle. Désormais, vous serez belle sans artifices et sans lutte. Vous serez plus belle encore de ne l'être que pour quelques-uns. Aux foules, vous n'aurez offert qu'un passage. Il vous restera la durée. Ma mère, je suis issu de vous et vous allez renaître de moi. Je vous offre tout mon désir de vivre, ma volonté d'être... Et tout cela qui passait dans ma tête, je le traduisais en mots, en phrases que je soulignais de légères pressions de main.

Avant l'aube, je crus distinguer sur ce visage immobile des signes de volonté, d'énergie, dans une manière à peine perceptible de pincer les lèvres, de battre des paupières, d'avancer le menton. Il me sembla que sa main pressait la mienne. Etait-ce une illusion ? Lui avais-je communiqué mon énergie vitale par la voix et le toucher ?

Je dus m'assoupir. Les yeux ouverts, je vis l'infirmière assise de l'autre côté du lit. Le jour se levait. La jeune femme me sourit, m'adressa un signe de réconfort. Ma mère s'était éveillée, avait murmuré quelques mots, s'était rendormie. Elle n'avait pas retiré sa main de la mienne. « Vous pouvez aller vous reposer, dit l'infirmière, il y a un mieux. » Je ressentis un étrange état, comme si je flottais, comme si j'avais perdu ma pesanteur. Je posai la main de ma mère contre son corps et m'éloignai à regret.

Je fus à la cuisine en même temps que Marie. En attendant l'arrivée du médecin, elle prépara un copieux petit déjeuner. Je la regardai inscrire sur un cahier d'écolier la recette de galettes de Montmorency que lui avait communiquée une amie. « Je suis sûre que Madame aimera mes galettes », affirma-t-elle, et cette phrase m'apporta une confiance nouvelle.

J'avais été ce petit garçon qui, assis sur un tabouret, suivait les gestes de Marie. Comme toujours, elle procédait sans hâte, avec précision, prenait plaisir à son travail. Je la vis ourler des torchons de cuisine. De temps en temps, son inquiétude se manifestait par un soupir. « Nous aurons une belle journée », dit-elle, et je ne sus s'il s'agissait de la santé de ma mère ou du temps.

Vers dix heures, le médecin nous rejoignit à l'office où il prit du café. Marie et moi l'interrogions du regard. Il nous annonça qu'il repasserait dans la soirée. Aucune inquiétude à avoir. La fièvre était tombée. Il employa ce *nous* cher aux médecins et qui veut dire *je* : « Nous avons gagné la bataille. Du calme, du repos, voilà ce qui est nécessaire. »

Je me répétai : « Nous avons gagné la bataille » — mais ce *nous* excluait le médecin, il représentait ma mère et moi. J'aurais dû m'abandonner au sommeil. Qu'importait le repos ! Quelque chose de plus important me retenait : l'arrivée du courrier. J'allai bientôt au-devant du facteur.

Deux lettres pour moi, deux lettres ! et toutes les deux postées à Mortagne-au-Perche. Celle de Léda s'accompagnait d'une photographie que je lui avais demandée. Elle se moquait de mon sentimentalisme en affirmant la force de ses sentiments. Comme Pénélope, elle attendait son Ulysse en regrettant l'absence de prétendants qui auraient pu amener son héros à plus de hâte à la rejoindre.

La seconde lettre, tapée à la machine, était de son père. Le cher John ne faisait pas de littérature. Son style prosaïque était celui d'un homme d'action habitué à l'efficacité des mots. A la fin de sa lettre, un sourire : il me soumettait un problème d'échecs en me défiant de le résoudre. Il faisait des vœux pour ma mère (dont Léda lui avait parlé) et pour mes tantes (ces tantes que j'avais inventées). En post-scriptum, il me parlait d'une Léda transformée en jeune femme heureuse « par la culture des plantes médicinales ».

Le portrait de Léda était antérieur au caprice des cheveux blancs. Le brun s'accordait mieux à ses yeux. Elle souriait et, bien que le cliché fût ancien, je pensai qu'elle ne souriait qu'à moi.

Ce jour-là, après une sieste, je fis de courtes visites à ma mère endormie. L'infirmière exprima sa satisfaction. Elle était contente de sa malade. Après cette longue nuit de veille, après tant de paroles, je ressentais une gêne comme si j'avais profité de l'état de ma mère pour lui imposer une présence qu'elle ne souhaitait peut-être pas.

Je me rendis à Lausanne sans autre but que de flâner. Passant devant un hôtel, je me souvins du temps des amours tarifées. Si loin tout cela ! Les jours que je vivais me semblèrent enfermés dans une parenthèse. Je pris la photographie dans ma poche. Le visage de Léda me redonnait confiance.

Ma mère, la frayeur de ma mère devant mon visage barbu, croyant voir le visage de son tourmenteur endormi dans le passé... Je ne doutais plus d'avoir du sang russe. Cela expliquait ma morphologie. Slave, le charme slave. Quelle absurdité ! Je me sentais citoyen suisse, c'est tout. Je tirai les poils de ma barbe comme si elle était postiche. Mon cache-laideur, comme on dit mon cache-misère.

J'entrai dans un salon de coiffure. Tout en gardant mes cheveux longs et bouclés, je demandai qu'on les disciplinât. Et je dictai ma décision : qu'on me coupe la barbe, non pas qu'on la taille, mais qu'on la rase, qu'elle disparaisse, que je retrouve ma peau ! « C'est une très bonne idée ! » approuva le figaro. Après la tondeuse, la mousse du savon à barbe, le coupe-chou à l'ancienne, la serviette chaude, l'eau Gorlier et le talc, comme autrefois. Le coiffeur recula, fier de son œuvre. « Ah ! dit-il, vous êtes bien mieux. Ça fait plus viril ! » J'observai que la virilité était du côté du poil. « Pas de nos jours ! » dit-il en me présentant un miroir devant quoi je fermai les yeux.

Je me dirigeai vers la gare. J'avais l'impression d'être nu. Je passai les doigts sur mon visage. En caressant ma peau, je ne retrouvais pas cette sensation de naguère, des aspérités, des creux, des os saillants, un relief tourmenté, mon visage de squelette. Mes joues étaient pleines, mes lèvres avaient perdu leur minceur, je sentais à peine ma pomme d'Adam. J'entrai, face à la gare, dans un café qui m'était familier. Je commandai thé et tarte. J'étais entouré de gens calmes, à l'issue d'un voyage ou sur le départ.

Dans une glace, j'aperçus un visage que je crus reconnaître. Sans doute me trompais-je. Je bus mon thé, relevai la tête et revis l'inconnu. Il semblait aussi curieux de moi que je l'étais de lui. Je fis un mouvement de tête et il fit de même. Je passai ma main dans mes cheveux et... je constatai que ce reflet était le mien. Voilà que, sans barbe, je ne me reconnaissais plus. Le temps avait-il tenté une nouvelle sculpture ?

De retour à la Villa, Marie qui revenait de la bibliothèque m'annonça que je pouvais rendre une courte visite à ma mère. Puis, levant les yeux vers moi, elle s'exclama : « Je ne vous ai pas reconnu avec votre barbe, et voilà que je ne vous reconnais plus sans elle ! » Elle murmura : « On nous l'a changé ! » et, à voix haute : « Même quand vous parlez, quand vous marchez, quand vous souriez, quand vous faites des gestes, ce ne sont plus les mêmes... » Je répondis joyeusement : « On change, Marie, on change... »

Onze

Pour ses jours de convalescence, ma mère inaugura un rôle et le tint à merveille. Installée dans un fauteuil de rotin dont le haut dossier couronnait sa tête, sur la terrasse, à l'abri des regards indiscrets derrière la verdure du chèvrefeuille, elle se tenait droite, belle et fine, le port noble, douairière, reine ou déesse, lisant des romans anglais en promenant autour d'elle des regards bienveillants.

Par une journée ensoleillée, celle d'un avant-printemps plein de charme, je la rejoignis, ce qui éloigna sa secrétaire. Ma mère désigna un fauteuil. Elle me regarda avec l'intérêt poli d'une maîtresse de maison accueillante. Marie servit le thé accompagné de ses galettes de Montmorency qui lui valurent nos éloges.

Je complimentai la convalescente sur sa mine. Elle montra un intérêt réservé, puis m'interrompit : « Ne pourrais-tu cesser de me dire *vous*. Je sais que cela fait "grand genre", mais tout de même... » Avais-je bien entendu ? Je répliquai : « Vous... tu ne m'y as jamais autorisé. » Elle esquissa un geste insouciant : « Le fallait-il ? Eh bien, c'est fait désormais. »

Cette sûreté de ton, cette précision des mouvements de la parole étaient d'une comédienne. Ses yeux me perçaient à jour. J'étais pris sans vert. A croire que, sachant tout de moi, mon attitude l'amusait. Oubliait-elle que je n'étais plus le jeune homme qu'elle avait côtoyé ? Je me sentis incapable d'adopter son ton enjoué, sa malice et je me tins sur mes gardes.

Après quelques remarques amusantes, elle observa : « Je ne puis qu'approuver ta décision. Tu as bien fait... Je veux dire : tu as bien fait de te débarrasser de cette affreuse barbe ! Quelle idée t'a traversé l'esprit ? A-t-on idée de se travestir ainsi ?... »

Etonné de cet intérêt inédit, je pris un air lointain et lançai ma perfidie : « Oh ! pure coquetterie ! Il s'agissait pour moi de cacher cette vilaine bobine, ce visage laid que vous n'avez jamais aimé... » La réaction de ma mère fut, une fois de plus, inattendue. Elle manifesta son indignation par des mouvements de tête et surtout des paroles qui me laissèrent abasourdi : « Mais, mais... tu n'as jamais été laid ! » et j'entendis encore : « Comment s'est-il mis cela dans la tête ? » Elle répéta : « Tu n'as jamais été vilain garçon ! » Et elle ajouta en se désignant d'un geste gracieux : « Comment cela se pourrait-il, grands dieux ? » et en riant de sa propre vanité.

Je suis resté fermé, silencieux, presque scandalisé par ce que je venais d'entendre. Si ma mère jouait la comédie, elle méritait un Oscar. Ce qui aurait pu passer pour compliment résonnait à mes oreilles de manière désagréable. Pour un peu, j'aurais revendiqué ma laideur. Etais-je aveugle ? Toutes ces années où je me cachais, où elle me cachait ! Et sa négation paraissait sincère. Elle soulignait l'inanité de mes propos. Pour cacher ma contrariété, je servis de nouvelles tasses de thé. Les yeux mi-clos, je marchais vers des lieux inconnus. L'analyse se refusait. Délaissé, mis en marge, en proie à une malédiction quasi baudelairienne, avais-je grandi dans un sentiment d'infériorité se développant avec les années ? Ma laideur flagrante, et aujourd'hui niée par ma mère, serait-elle née d'un désir d'appeler l'attention du monde extérieur ? Je dus dissimuler mes gestes et simuler l'insouciance.

Au cours de cette entrevue, je connus d'autres surprises. Ma mère confessa : « Je ne me suis peut-être pas assez occupée de toi. Ces années ont été celles d'une course sans fin. Je ne les ai pas vues passer. Et voilà que ce petit garçon est devenu l'homme que j'ai devant moi, voilà que je suis une femme vieillissante... »

Tandis qu'elle s'exprimait, son visage prenait cette expression mélancolique, cet air hagard des gens qui ont connu la souffrance. Là, elle ne jouait pas. Elle dit encore :

« Nous aurons le temps... mais le temps peut-il se rattraper ? » Comme pour passer à un sujet plus plaisant, elle ajouta avec malice : « Qu'en est-il de cette charmante inspiratrice qui te rendait si lyrique l'autre nuit ? »

Je m'exclamai : « Vous... tu as entendu ? » Elle hésita, parut chercher et décrivit ce qu'elle avait ressenti : « J'entendais ta jolie voix. Parfois, elle s'éloignait et je la cherchais comme un insomniaque cherche le bruit. Je savais que, tant que je l'écouterais, je n'abandonnerais pas ma lutte, je ne me laisserais pas entraîner par le sort. Ta voix, c'était comme un chant d'opéra, des paroles que l'on comprend mal et qui ont pour seule importance leurs modulations au gré de la musique. Parfois, des phrases se détachaient dont je saisissais le sens. Je glissais vers un lieu dont j'avais peur et ta voix retenait ma chute. Je ne vivais plus que par la pensée. Je savais que tu m'aidais, que tu m'étais secourable et que je ne pouvais pas avoir l'ingratitude de m'abandonner à la mort. J'ai dû m'endormir à plusieurs reprises mais ta voix perçait mon sommeil. Tu disais des choses si étranges, tu me parlais de chevaux, de motocyclettes, d'un châle, de lieux et de gens inconnus... et surtout d'une jeune femme, surtout d'elle qui revenait sans cesse. L'ai-je rêvé ?... »

Ma mère avait-elle perçu, retenu toutes mes confessions ? Sans doute ne le saurais-je jamais parce que nous aurions le tact, l'un et l'autre, de ne pas en parler. Pour son évocation de notre nuit, une nuit de lutte comme une nuit d'amour, sa voix avait pris une musique affectueuse. Je me sentis proche d'elle, aussi proche que lorsque je m'attachais à la sauver. Je me confiai : « C'est vrai. La jeune femme existe. Tout est arrivé alors que je ne l'attendais pas. Elle est entrée dans ma vie et je suis entré dans la sienne, alors que tout nous opposait... » Ma mère observa : « Il en est toujours ainsi... » Je repris, en surveillant la moindre expression de ma mère : « Elle se nomme Léda... Léda Edwards ! » Elle dit : « Léda, quel joli prénom ! Serais-tu Zeus ? » Je répétai en accentuant le nom de famille : « Edwards, Léda Edwards, Edwards... »

Ma mère parut interroger ses souvenirs (ou jouait-elle la comédie ?). Elle observa :

« Edwards... j'ai connu des Edwards autrefois, des amis charmants, nous nous sommes perdus de vue. C'est dommage... » Alors moi, comme si je portais un coup imparable : « Oui, John et Lucie. Ce sont les parents de Léda. » Elle s'exclama : « Ils ont donc eu une fille. Ils le souhaitaient tant. Comme je suis contente ! John et Lucie, c'est si loin. Par quel hasard les as-tu connus ? » Je répondis : « Par le hasard qui fait bien les choses... », et je devinai la banalité qu'elle allait énoncer : « Le monde est petit ! » et elle l'énonça.

J'eus le sentiment que nous nous donnions la comédie, qu'elle savait tout, que chaque réplique était préparée. Je respectai le jeu. Ses questions fusèrent : « Que sont devenus John et Lucie ? Elle est handicapée, comment cela est-il arrivé ? » et les exclamations : « Quelle grande pianiste ! et lui, un de ces êtres promis au bonheur et qui triomphent de toutes les difficultés !... »

« Cette belle Léda, dit-elle, veux-tu me montrer sa photographie. Je suis sûre qu'elle est contre ton cœur... » Je la lui tendis. Elle regarda ce portrait et m'apporta les conclusions de sa réflexion : « Elle est ravissante ! Elle ressemble à Lilian Gish. Elle semble avoir du caractère. Elle ne doit pas s'en laisser conter... » Je dis : « Oh non ! » et je racontai notre première rencontre, la gifle que j'avais reçue. « Bon signe, cette gifle, dit ma mère, très bon signe ! » Et puis : « John et Lucie, leur as-tu dit que tu étais mon fils ? »

Quel embarras ! Non, je ne le leur avais pas appris. Le faisant, je leur aurais avoué mes roueries. Cela, je ne pouvais le dire à ma mère.

J'expliquai que les Edwards me tenaient pour un personnage mystérieux, mais qu'ils m'accordaient confiance et amitié. Comment avais-je découvert qu'ils étaient d'anciens amis de ma mère ? La réponse était facile : la photographie. « Ah ! ils l'ont gardée ? Cela me fait plaisir ! » dit-elle. J'expliquai qu'il m'aurait été difficile de me dire le fils d'une célébrité, que cela aurait pu modifier nos relations, que je réservais la surprise. En bref, je m'empêtrai dans des explications peu crédibles.

Je savais, et ma mère le savait aussi, que nous jouions un jeu de dupes. Elle eut le mérite de clarifier la situation par une seule phrase : « C'est si difficile d'oublier le passé. Aide-moi à le faire. » Je rougis. Je pensai : L'aider, comme je l'ai aidée à vivre.

La conversation s'interrompit. Ma mère lança des miettes aux moineaux. Il fallut déplacer son fauteuil pour trouver de l'ombre. Nous restâmes sans paroles comme pour honorer le passé mort d'une minute de silence. Après quoi, la vie reprend, s'anime, oublie. Cette mère que j'avais crue superficielle se révéla grave et contrastée. Elle leva les yeux vers le ciel : « Comme il fait beau aujourd'hui ! ne pensons plus qu'à aujourd'hui... et à demain. »

Je l'appelais « Elle ma mère » par dérision, pour l'éloigner en la présentant à la troisième personne et pour me rapprocher en employant un possessif. Je lui pris les mains. Et elle, enthousiaste, retrouvant les intonations d'avant sa maladie : « Pas d'attendrissements. Soyons actifs. La belle Léda, je suppose que vous avez hâte de vous retrouver et que tu ne sais comment t'y prendre. Fort simple : fais-la venir, invite-la, c'est vrai, tu n'invites jamais personne ! La Villa est grande. Il y a même tout un étage inoccupé... (J'écoutais, étonné et ravi.) Autre chose, donne-moi l'adresse, le téléphone aussi, de John et Lucie. Je prends les choses en main. Ne t'occupe plus de rien. » Elle ajouta : « Et s'il le faut, je ferai même la demande en mariage ! »

Je lui appris qu'il ne serait pas question de mariage, Léda étant encore mariée. Où se trouvait son mari ? Au Brésil ? « Qu'il y reste ! dit ma mère, et vive le concubinage ! »

Je l'écrivais plus haut : « Je ne revins pas à Mortagne. Les circonstances en décidèrent autrement. » Ce serait Léda qui viendrait à Vevey. Du moins, l'espérais-je. Voilà qu'à ma manière je jumelais deux villes.

Ma mère m'introduisit dans son sanctuaire. Le maniéré de la décoration restait présent bien qu'elle se fût efforcée à plus de discrétion. Il est vrai que mon regard n'était plus le même. Je fus invité dans la salle de projection à regarder un film, *La Grande Illusion*. Elle avait choisi une œuvre où elle n'apparaissait pas. Il en fut de même à deux autres reprises. Plus tard, je la prierais de me montrer ses propres films. Circulant désormais dans toutes les pièces, prenant souvent mes repas avec elle, mon existence s'agrandit aux dimensions de la demeure.

« Je ne veux pas te dire quand j'arriverai. Je veux te surprendre ! » Et aussi : « Je ne t'indiquerai pas la durée de mon séjour ! » Ainsi parla Léda lors d'une communication téléphonique. Je répondis d'un ton décidé : « Tu ne repartiras pas ! » Elle se récria, me jugea autoritaire, me traita de machiste. Elle y mettrait bon ordre. Cette tendance masculine à vouloir tout régenter... Je répliquai par le mot « pétroleuse », tout cela pour en rire.

Ma mère et moi, nous visitâmes les salles de l'appartement vide. Des travaux de plomberie s'imposaient. Pour le reste, après quelques réfections, il resterait en l'état, à charge pour les futurs occupants de meubler et de décorer selon leurs goûts.

Je demandai au jardinier de préparer un carré de terrain destiné à de futures semaisons : je pensais aux plantes médicinales. Pour mieux capturer Léda, je tendais mes pièges.

Je poursuis cette narration des années de la vie contrastée d'un jeune homme laid — ou qui croyait l'être et dont nul — pas même lui — ne saura jamais s'il le fut au degré qu'il jugeait, et s'il l'est encore.

Les semaines se sont écoulées. Je me trouve dans mon ancienne chambre, cette fois méconnaissable et profanée par les nouveaux monstres. Transformée en bureau de travail, elle abrite toutes sortes d'appareils dont les noms ressortissent aux nouvelles techniques de transmission et que, chez John, j'avais jugés barbares. Ils me permettent de travailler à domicile. Indispensables à ma profession, par eux, je suis en liaison avec les plus lointaines contrées de la planète. Curieuse transformation de mes rêveries de voyage d'antan ! Mes rendez-vous de Genève ont été féconds. Pour l'agence qui m'emploie, je reçois, je traduis, je diffuse des informations aux quatre vents. Les premières difficultés passées, après quelques erreurs, je remplis mon office.

Il m'arrive de penser à l'exilé russe, à celui qui choisit la liberté et rencontra l'amour et la mort. Ce visage irréel s'efface, un autre apparaît : celui de John Edwards, le personnage mystérieux des pages d'agenda, celui que je croyais mon père, qui ne l'était pas et dont je pense qu'il l'est en quelque sorte devenu.

Si je me regarde bien, je juge que, malgré une indéniable transformation, je reste laid — mais qu'il m'arrive de l'être un peu moins que je ne le crois. Pour cela, il faut le miroir de ceux qui m'entourent. Laideur, beauté, j'oublie ces mots et leur fausse signification. Je pense à la tache de Léda, au cygne noir imprimé à l'orée d'un sein et sur lequel mes lèvres tant de fois se posent.

Relais d'information, mon moi rapetisse tandis que je prends de l'altitude jusqu'à me perdre de vue. L'idée me vient que le monde est moins laid qu'il ne le croit, que sa vie menacée trouvera en elle-même sa résistance. J'ouvre grande la fenêtre et je vois le lac que je croyais de la couleur de ma tristesse passée et qui semble rire de toutes ses eaux.

Dès le soir de nos retrouvailles, Léda et moi nous nous sommes aimés. Nos corps s'accordent comme piano et hautbois. La « folle de fille » n'est folle que la nuit. Je la garde, ici. Je me croyais habile quand elle m'avoua n'avoir jamais eu l'intention de repartir. Sa sagesse n'est qu'apparente. Je suis abasourdi par des excentricités et des excès de parole qui ravissent ma mère. Toutes les deux se jouent la comédie et se donnent du « ma chère ». J'espère en la contagion de leur fantaisie : elle sont si aériennes que je me sens peser une tonne. Chaque matin, je me demande sans trop d'inquiétude ce que sera l'invention de la journée. Quel tourbillon va m'emporter, moi l'immobile, le solitaire ?

Qui fera l'éloge de cette expression : « le plus grand des hasards » ? Les acteurs de mon histoire lui apportent leur dévotion. Ils feignent de croire la rencontre de Mortagne opérée par lui. « C'était écrit ! » dit même Léda — comme s'il existait dans l'au-delà une programmation des rencontres amoureuses.

Parlant de John et Lucie, ma mère affirme que pour rester aussi bons amis après trente ans, il faut être resté longtemps sans se voir. J'ai renoncé à l'analyse de cette curieuse personne. Avec ses amis retrouvés a-t-elle parlé du passé ? Je ne le crois pas. Tout s'organise autour de Léda et de moi. Cela efface ce qui doit être effacé.

J'ai fait taire en moi le juge et l'analyste. Tous les codes que j'ai inventés, je n'ai su les appliquer. Il en est comme du problème d'échecs posé par John dans sa correspondance : je ne l'ai pas résolu parce qu'il est rebelle à toute solution, et c'est bien là toute l'astuce de mon adversaire. Encore qu'il ne sache pas quel gambit je lui prépare...

J'entends la voix de ma mère et de Léda. Le ton monte. Elles se chamaillent pour le plaisir de se réconcilier. Les caractères se heurtent. Si je ne m'en mêle pas, tout finit par s'arranger.

Elles se tiennent par le bras comme des collégiennes.

Ma mère prépare son *come-back* (ainsi s'exprime-t-elle). Ce sera Rome pour une marmelade télévisuelle, affaire de famille à rebondissements. Elle affirme : « L'appât du gain... » Je pense : Son métier, sa nature, sa raison d'être.

En prévision du séjour des parents de Léda, j'ai acheté un jeu d'échecs ancien digne de nos parties et je vais faire installer un piano de concert dans la bibliothèque. Je vois déjà les doigts agiles courir sur le clavier et la musique nous griser comme un parfum. John regardera l'échiquier sans se lasser de préparer ses attaques. Il me vaincra : je me rouille, le jeu n'est plus ma prothèse.

Léda qui ne finira jamais de me surprendre, qui déteste les « tout est bien qui finit bien », complote une action, je ne sais laquelle. Elle n'a pas mes penchants à l'immobilité. Quand je transmets des dépêches tragiques, elle s'exclame : « Et on ne fait rien ! » Elle refuse la vie en vase clos.

Je ne mesure pas la portée de ce qui m'arrive. Les vents violents, les tempêtes rident la face du lac, le ciel lui donne des tons d'opaline. Je contemple ce qui change et ce qui demeure, j'écris pour oublier et ne pas oublier, ce sont là mes paradoxes.

Léda revenue du jardin pose ses mains sur mes épaules, je sens son souffle sur mon cou. Elle lit par-dessus mon épaule. En jardinière, en souillon, elle répand une odeur d'engrais, ce que je lui dis. Elle traduit : « Je pue la merde, enfin... pour ne pas choquer monsieur, je sens la crotte ! » Et pour rester fidèle à elle-même, elle poursuit : « Il écrit ! Peuh ! pour moi, un écrivain, c'est un type en charentaises, un plaid sur les épaules, un bonnet sur la tête, et qui affirme qu'il faut vivre dangereusement... » Voilà qu'elle s'en prend à mes idoles. Plutôt que de protester, je lui indique qu'il s'agit d'un récit auquel il ne manque que le titre. Je dis : « Si tu me donnais ton avis ? »

Belle idée que j'ai là ! A chaque énoncé, elle répond : « Mauvais ! » sans commentaire. Je donne enfin mon préféré : *Le Châle mauve*. Elle le répète et se met à glousser : « Ah ! la belle contrepèterie !... Ce qu'il est lent à comprendre ! Ah ! je sens que nous y sommes. C'est drôle, non ? » Et elle rit ! Je glisse ma main dans son corsage et c'est là que je trouve ma réponse. Je regarde le petit cygne sur sa peau : l'idée est en route.

Comme je reste méditatif, elle s'exclame : « Mon vieux, je t'ai appris à nager, à monter à cheval, à courir, à jouer au tennis, à... (petit sourire évocateur)... et il faut maintenant que je t'apprenne à rire ! Tu vois : tu étires les lèvres, fais comme moi... »

Tant de sérieux dans cette pédagogie du rire m'amène à rire vraiment, cela éclate, s'accentue, je ris plus fort qu'elle, avec elle — le rire, la beauté.

Ouvrages de
Robert Sabatier
aux Editions Albin Michel

Romans

ALAIN ET LE NÈGRE
LE MARCHAND DE SABLE
LE GOÛT DE LA CENDRE
BOULEVARD
CANARD AU SANG
LA SAINTE FARCE
LA MORT DU FIGUIER
DESSIN SUR UN TROTTOIR
LE CHINOIS D'AFRIQUE
LES ANNÉES SECRÈTES DE LA VIE D'UN HOMME
LES ENFANTS DE L'ÉTÉ
LA SOURIS VERTE
LE CYGNE NOIR

Le roman d'Olivier

DAVID ET OLIVIER
OLIVIER ET SES AMIS
LES ALLUMETTES SUÉDOISES
TROIS SUCETTES A LA MENTHE
LES NOISETTES SAUVAGES
LES FILLETTES CHANTANTES

Poésie

LES FÊTES SOLAIRES
DÉDICACE D'UN NAVIRE
LES POISONS DÉLECTABLES
LES CHÂTEAUX DE MILLIONS D'ANNÉES
ICARE ET AUTRES POÈMES
L'OISEAU DE DEMAIN
LECTURE
ÉCRITURE

Aphorismes

LE LIVRE DE LA DÉRAISON SOURIANTE

Essais

L'ÉTAT PRINCIER
DICTIONNAIRE DE LA MORT
HISTOIRE DE LA POÉSIE FRANÇAISE (9 volumes)
1. La Poésie du Moyen Age.
2. La Poésie du XVIe siècle.
3. La Poésie du XVIIe siècle.
4. La Poésie du XVIIIe siècle.
5. La Poésie du XIXe siècle :
** Les Romantismes.*
*** Naissance de la poésie moderne.*
6. La Poésie du XXe siècle :
** Tradition et évolution.*
*** Révolutions et conquêtes.*
**** Métamorphoses et modernité.*

Composition réalisée par JOUVE

IMPRIMÉ EN FRANCE PAR BRODARD ET TAUPIN
Usine de La Flèche (Sarthe)
LIBRAIRIE GÉNÉRALE FRANÇAISE - 43, quai de Grenelle - 75015 Paris.
ISBN : 2 - 253 - 14105 - 4

31/4105/8